引っ込み思案な神鳥獣使い2

PLANET INTRUDER ONLINE
プラネット イントルーダー・オンライン

古波萩子
Hagiko Konami
ill. ダンミル

TOブックス

03 先行アーリーアクセス2日間編

04 正式版『プラネット イントルーダー・オリジン』リリース編

Contents

The Tamer of Fur and Feather is Shy but Well Meditated.

Illustrator：ダンミル　Designer：AFTERGLOW

Character

青 通常プレイヤー
黄 PVPプレイヤー
紫 前科持ち（PKや犯罪）プレイヤー
金 【脱獄覇王】の称号を持つプレイヤー

ツカサ（蘆《あし》名《な》征《せい》司《じ》）

山村に住む純朴な中学生。

引っ込み思案な自分を変えようとVRMMO「プラネット イントルーダー」シリーズの世界に飛び込んだ。神鳥獣使いのツカサとしてマイペースな速度でプレイ中。

雨月

二刀流剣士で、ツカサの初めてのフレンド。

チート過ぎる強さで、場所問わずPKKとして活動中。

「覇王」という異名を持ち、場にいるだけで恐怖される。

和泉

騎士でツカサの二人目のフレンド。

兄から譲り受けたキャラで少しやるだけのつもりだったが、ツカサとの出会いをきっかけに和泉として再誕した。

人見知りが激しい。

NPC

NPCを装う謎の変態プレイヤー。

種人という種族をこよなく愛し、彼らを想う声や行動がいちいち気持ち悪い。

よく使う顔文字は(^^)。

すぐBL(ブロック)したがる。

Skyダーク

ツカサと一度パーティーを組んだ二刀流剣士。

無言抜けをして嫌われているかと思いきや、ツカサからは何故か「良い人」扱いされている。取っつきにくい性格。

掲示板の常連。

ルート

ツカサと一度パーティーを組んだ陽気な棒術士。

雨月に日常的にキルされ慣れた経験から、彼が助っ人として呼ばれた時に条件反射でゲームを落とした。

掲示板の常連。

ソフィア

ツカサたちを見守る怪しいプレイヤー。

可愛らしい見た目をしているが……？

03

先行アーリーアクセス2日間編

The Tamer
of Fur and Feather
is Shy but Well Meditated.

第4話　テンプレスキル構成の落とし穴と、埋もれた神鳥獣使いの真価

――ネクロアイギス王国、噴水のある中央広場。


「こんばんはー！」

突然、ツカサは声をかけられた。

金髪碧眼《へきがん》の美少女がニコニコとした笑顔で手を振って近付いてくる。１３０㎝のツカサより背が若干低い。１００㎝ぐらいだろうか。ツカサと同じ種人《たねびと》擬態人《ぎたいじん》だ。

「こ、こんばんは……？」

街中のゲームキャラクターと同じ西洋のワンピースドレスを着ていて、一瞬プレイヤーかどうかの判断に迷った。彼女の頭上には【ＲＰ】と記された盾のシンボルマークが浮いているだけで、プレイヤー名がないのだ。

（ＲＰ？）

ツカサの困惑が伝わったのか、彼女は口元に手を添え、クスクスと笑って答える。

「シンボルマークは『ロールプレイ中だよ』って他の人に教えるマークだよ」

「ロールプレイ？」

「自分で作った設定キャラになりきって、演技して遊んでいるって表明してるの。名前も名乗らないと表示されないんだよ」

「あ！　前に騎士の格好で門番になりきっていた人と話したことあります」

「あの変た……変な人とは違うよ？　名前を隠せる機能だから、赤色ネームの人はこのロールプレイ設定に出来ないようになっているの。あの人は種人専門で種人を見つけたらつけ回して写真撮る本当に危ない人だから注意してね」

「は……はい……」

「じゃあ改めまして、ソフィアだよ」

「初めまして、僕はツカサです」

ソフィアはスカートの裾《すそ》を持って可愛らしく挨拶《あいさつ》する。彼女が名乗った瞬間『【ＲＰ】ソフィア』と紫色の名前が表示された。

「それでツカサ、一緒に幻樹ダンジョンへ行こうよ！」

「え？」

「ベータの人でレベル９以下の人ってなかなかいないんだよ。正式版が始まったら、新規の人が入ってきて近隣の果樹林辺りは混むかもしれない。今しか空いていないと思うの。クリアしたツカサに手伝ってほしいんだ」

小さな桜文鳥がパタパタと羽をはばたかせて飛び、ソフィアの差し出した指先にとまる。ツカサは可愛らしい桜文鳥に目が吸い寄せられた。それから自分の肩に乗るオオルリを見て、オオルリの頭を軽く撫《な》でる。オオルリは気持ちよさそうに目を細めた。

「その子も可愛いね」

「あ。その、神鳥獣使い……？」

「そうだよ。なったばっかりなの」

「ダンジョンは僕のフレンドが一緒でもいいでしょうか？」

「レベル9以下なら歓迎だよ！　協力ありがとう！」

ソフィアの了承を得て、和泉に連絡する。さすがに二度も頼る訳にはいかないと思ったので雨月への連絡は控えた。

少し待つと、和泉がやってきた。

「ま、待たせたよね。ごめんね。こ、こんばんは、ツカサ君」

「こんばんは、和泉さん。急に呼んだのは僕なので気にしないでください。装備、格好いいですね」

「え？　へへ……っ」

ツカサに褒《ほ》められて和泉は照れ笑う。

ツカサは和泉の銀色の甲冑に感心しながら話を切り出した。

「和泉さん、幻樹ダンジョンのクエストってもうこなしましたか？」

「う、ううん。まだ、だよ」

そう尋ねるツカサも、まだクエストを達成させていなかったことを思い出す。

ソフィアがにこにこと笑顔で言った。

「じゃあ、幻樹ダンジョン2周回だね！　あそこスキル経験値がおいしいから嬉しいなー」

「は、はじ……初めまして……」

「こんばんはーっ」

ソフィアは所持品から巻かれている羊皮紙を取り出した。そしてその羊皮紙を開く。羊皮紙はボワッと青い炎を上げて消え去った。

ふっと、ソフィアが先ほどまでの愛らしさが鳴りをひそめた低い声音で呟く。

「……へえ、こういうエフェクトか」

「今のはなんですか？」

ソフィアはくるりと可憐な表情と声音に戻し、笑って話す。

「クリア済みサブクエストを一度だけ未クリアに戻す有料アイテムだよ」

（8000円の⁉）

「前にクリアしちゃってたからね。じゃあ、パーティー組も！」

「え⁉　あ、聖……えッ⁉」

和泉がパーティー欄《らん》のソフィアの名前を見て、突然挙動不審になった。酷く驚いた様子で目を泳がせ、ツカサは不思議に思う。

そんな中、ソフィアが空に向かって手を挙げ、明るく仕切る。

「幻樹ダンジョンへしゅっぱーつ‼」

ソフィアのかけ声は鈴を転がすような可愛らしい声質だったのだが、ツカサはその声から力強く引っ張っていってくれる凜々《りり》しさを感じた。

そうして限定特殊クエストをそれぞれマルシェで発生させ、3人は近隣の果樹林へと向かった。

《これより『レベル変動制・LV6幻樹ダンジョン』へ突入出来ます。このダンジョン内では経験値が入らず、レベルが上がりません。受注者が外でレベルを上げた場合、現在のダンジョンは消失します》

《推奨人数1～4人。パーティー募集板の使用可。パーティー編成入れ替えでのダンジョン出入り可》

和泉は騎士レベル5、ツカサは神鳥獣使いレベル4、ソフィアは神鳥獣使いレベル6――3人のレベル差にソフィアが小首を傾げる。

「ソフィア、レベルを上げ過ぎちゃってるの。2人ともそんなに育ってなかったんだね」

「の、のんびり遊んでいるというか、さ、採集も好きで……」

「僕も夜だけログインなのでゆっくり進めてます」

「夜ログイン勢！　ソフィアもだよー！　敵が強くなっちゃうけど頑張ろっ」

ソフィアの明るさに引っ張られるようにツカサも積極的に口を開き、攻撃力アップのバフを持っていないことをソフィアに伝える。すぐにソフィアから「大丈夫。ソフィアが持ってるよ」と頼もしい返答があった。

おもにソフィアがヒーラーをして、ツカサは攻撃主体で補助の回復を担当する役割を決め、3人はダンジョンへと入った。

《【水泡魔法】がLV4に上がりました》
《【治癒魔法】がLV3に上がりました》
《【喚起の歌声】がLV2に上がりました》
《【沈黙耐性】がLV3に上がりました》
《【祈り】がLV4に上がりました》

『レベル変動制・LV6幻樹ダンジョン』はソフィア主導の下、サクサクとクリア出来た。

戦闘の合間に、ツカサはちょこちょこと【祈り】を使い、スキルレベルが一気に上がっている。

ただ、このスキルを上げたところで特に効果はないのだが。

ダンジョン内で大きくなった桜文鳥とオオルリが、それぞれソフィアとツカサの頭上周辺で自由に飛んでいる。戦闘中の大きな姿がツカサは好きだ。

前回来た時は謎だった【沈黙耐性】のレベルが上がる理由が判明した。一部の地面が、ランダムに沈黙の状態異常を付与するものになっていたらしい。そのためソフィアも事前に【沈黙耐性】を取ったという。前回、雨月が攻撃してくれなくなる場面があったのは、この状態異常の影響だったようだ。

今のツカサは【喚起の歌声】があるので、和泉の沈黙も治すことが出来た。同じダンジョンの攻略だが、ツカサと和泉には新しい発見ばかりだ。特に和泉はソフィアの指導を受けてどんどん動きが良くなっていった。

「和泉、ヘイトを取り続けるのと、敵の攻撃を受け続けるのはイコールじゃないの。ヘイトを稼いだら盾で受けるんじゃなくて避けてみよー！」

「えっ、あ、ひえ……!?」

「敵の攻撃の瞬間、盾じゃなくて剣で防ぐのもやってみよ！　タイミングを合わせるの、はいっ、今！」

「うあっ!?」

「そのまま弾いて攻撃に移るの！」

「えい……!!」

「やったー！　上手いよ、和泉っ」

和泉は大変そうだったが、頬を火照らせながらも笑顔で楽しそうだ。やれることが増えて「色々なスキルがいっぱい出たよ！」と喜んでいて、ツカサもそんな和泉の様子が自分のことのように嬉しかった。

(僕も和泉さんの頑張りに何か力になれることはないのかな)

そんな思いがツカサの中に湧いた。

《『レベル変動制・LV6幻樹ダンジョン』をクリアしました》

《LV6ダンジョン踏破の報酬として、通貨20万Gを手に入れました》

果樹林の入口付近で、休憩がてらの雑談の中ソフィアから話を聞けた。

「ソフィアさん、タンクの経験があるんですか？　あ、これって聞いても……」

「別にメインやサブ職を聞くぐらい平気だよ？　ソフィアにタンクの経験はないの。ソフィアのメインは召魔術士。もう1個のサブもアタッカー。ねぇ、ツカサ。DPSが出せるアタッカー――うん、高いダメージが出せる上手いプレイヤーってね、基本的に物知りなんだよ」

「タンクのことを知っていたり？」

「そう。他職のことを熟知しているの。何のスキルが必要で、何のスキルが必要じゃないのか。どれを取捨選択で持っているのか、案外わかっちゃうんだよ。対人戦だと特に顕著《けんちょ》なの」

「だからソフィアさんも物知りなんですね」

「ふふ。そうだよ？　ソフィアは上手いプレイヤーなの！」

ソフィアが胸を反らして得意げに言う。

ツカサは素直に尊敬し、和泉は目を泳がせた。

「えっと、他職のことはどうやって調べればいいですか？　メインの人に尋ねた方がいいんでしょうか？」

「それは現実的じゃないよ。みんな隠しているもの。やっぱり上手い人の動画を見て研究かなぁ。スキル構成を全部公開している人は仕様上いないんだよね」

「仕様上……？」

「プラネって、職業別の算出だけど全く同じスキル構成をしている人が一定以上の人数を超えると、そのスキルが封印されちゃう仕様なの。攻略サイトでも、絶対にこれだけは必要！　って基本的なスキル構成は載せていても、完全ないわゆる最強スキル構成のテンプレを載せているものなんてないはずだよ。

あ！　でもわざと載せている悪意のあるサイトもあったかな？」

「そうなんですか⁉」

ツカサと和泉は驚いた。さらに和泉は「そういえば、掲示板でスキル構成について話す雑談が全然なかったかも……」と呟いていた。

「プラネ掲示板では、オススメスキルはいくらでも書いていいけど、スキル構成自体を書くのはタブーだよ」

「それってゲーム内で説明あるんでしょうか？」

「ないよ。ベータのごく初期に、ある日突然イベントが起こってスキルが封印されたの。あの時の騒動だって凄かったんだよ？　でもブラディス事件の影に隠れちゃったの。ＰＫのレベルダウンでうやむやになっちゃったもん」

のほほんと、ソフィアは笑顔で話す。完全に他人事の口調なので、ソフィアはそのスキルの封印をされず、これからも封印される心配が無いような特殊なスキルを持っているのかもしれない。

「だからわざと変なスキルや役に立たないスキルを一つ取って、もしもの対策してる人もいるぐらいなの」

（そっか。他の人が持っているからって安易に同じスキルを取ったらまずいんだ。これからは攻略サイトを参考にするのはほどほどにして、自分でよく考えよう）

深刻そうな顔で考え込むツカサと和泉に、ソフィアはニコッと満面の笑みで告げた。

「他人の不利益になることだから、大体内緒にしているし教えないよね。ベータ版の人達でも知っている人と知らない人がいるはずだよ。正式版で人が増えた時にどうなるのか、ちょっと見ものなの」

（ソフィアさんが黒い……）


続いて和泉の『レベル変動制・LV5幻樹ダンジョン』に挑む。そこでソフィアから提案があった。

「ツカサの立ち回り、一度見せてもらいたいの。ソフィアは知識があってもヒーラーは初心者だし、気になるの」

「僕も雨月さんに教えてもらったばかりで全然初心者ですけど、それでいいのなら」

「わぁい、ありがとー。じゃあ最初の戦闘はソフィアが攻撃と補助に回るね」

（神鳥獣使いのバフを使っているところを見たいってことかな？　雨月さんが最初に教えてくれたのもバフの使い方だったから）

人に観察されていると思うと緊張したが、ツカサはこれまで通りの戦闘を心がける。

まず〝魔虫テントウLV10〟のヘイトを和泉が【宣誓布告】で取り、続いてソフィアの攻撃力アップのバフ【鬨《とき》の声】がパーティーメンバー全員にかけられる。敵のヘイト状況を見ながらソフィアと共に攻撃をして、和泉のＨＰが３割に減ると【癒やしの歌声】で回復した。

そうして無事に敵も倒し、ほっとする。ソフィアの方に振り返ると、眉間にこれでもかと皺《しわ》を作った渋面で、美少女の顔が残念なことになっていた。

「ツカサ……そのバフをかけるタイミング、何……？」

「え……？」

「ツカサが使っている回復はバフだよ？　バフっていうのは攻撃力が上がる【鬨の声】を見てればわかる通り、事前にかけるものなの」

「あ……でも」

「ＨＰが減ってから使う、普通の回復魔法と同じ使い方をしちゃだめだよ。和泉が落ちちゃうの！」

ソフィアに怒られた。いつものツカサなら「そうだったのか」と素直に聞いていただろう。けれど、この時ばかりはソフィアに少し反発を覚えた。ツカサの脳裏には、神鳥獣使いの先輩である、雨月の存在があったからだ。

（でも、雨月さんはそんなことを言わなかったから）

「あ、あのう……！」

和泉がソフィアとツカサの間に、きょときょととしながら視線をさまよわせ、おっかなびっくりに口をはさんだ。

ソフィアは和泉に首を傾げる。和泉は意を決した様子で切り出した。

「ソ、ソ……ッ、ソフィ、ソフィアさんの回復って変じゃないですか⁉」

「へ」

ソフィアはハトが豆鉄砲を食ったような顔をした。

「え？　あの、え？……ソフィアが変？」

「は、はい。レ、レベルの低いツカサ君の方が、回復量が多いっぽいんですけど……」

「⁉　ちょっ、ちょっと待って！　戦闘ログ……‼」

ソフィアは慌てて文字で記録された戦闘の詳細をブラウザに表示する。そして「嘘⁉」と悲鳴に近い声を上げた。

「ソフィアの【癒やしの歌声】が常時50回復で、ツカサの【癒やしの歌声】が常時300回復⁉　ツカサ、何か回復量が上がる特殊スキルを持っているの⁉」

「い、いえ……。あ、ひょっとして【祈り】が」

「それは関係ないの‼」

力強い断言がソフィアから返ってきた。

不意に、ツカサはあることに気付く。

「そういえば、ソフィアさんの【癒やしの歌声】は音符が光ってなかった……？」

「確かに音符が光ったことなんてないけど……あれって光るものなの？」

「はい。それにただのエフェクトじゃなくて続けてかける時の指標になっていて」

それから、ソフィアはしばらくジッと戦闘ログを凝視した後、額に手を当てて重たい溜息を吐き出す。気持ち、力なく肩を落としたその風情は、仕事で疲れ切った両親の姿をツカサに思い起こさせた。ソフィアは低い声音でボソリと呟く。

「正木……、本当に色々とやってくれるよな……」

「ソ、ソフィアさん……？」

ソフィアは顔を上げると、ズサっと地面に座り込んだ。

ソフィアエモート：ツカサに土下座した

「ソフィアさん⁉」

「ツカサごめんなさい。ツカサの使い方で合っていたみたいなの」

「そう、なんですか？」

「うん。次からソフィアもツカサのやり方をしてみるね」

そうして再び、ダンジョンをソフィア主導で進むことになった。ソフィアは色々なことを試しているようで、今まで最初に使っていた【鬨の声】のタイミングをずらして使うことが多くなる。

戦闘ログも同時に見ているらしく、そのたびにソフィアが渋い顔をするのが印象的だった。

《【水泡魔法】がＬＶ５に上がりました》
《【治癒魔法】がＬＶ４に上がりました》
《【喚起の歌声】がＬＶ３に上がりました》

《【沈黙耐性】がLV4に上がりました》
《【祈り】がLV5に上がりました》
《【祈り】がLV6に上がりました》
《『レベル変動制・LV5幻樹ダンジョン』をクリアしました》
《LV5ダンジョン踏破の報酬として、通貨20万Gを手に入れました》
《称号【ダンジョン探検家】を獲得しました》

幻樹ダンジョンをクリアし、果樹林の入り口に戻った。少ししてから、桜文鳥とオオルリの姿がそれぞれ小さくなってツカサとソフィアの肩にとまる。

ソフィアは桜文鳥を撫でながら、重い口を開いた。

「やっぱり……。神鳥獣使いは、ゲーマーというか、バフがなんなのか理解している人ほど使いこなせない職業だった、という表現でいいのかな……？　プラネには宝珠導使いっていう普通のバフデバフのヒーラーがいるから余計に盲点だったと思うの」

検証結果を語るソフィアはどことなく頭が痛そうだ。

「まさか神鳥獣使いが、先入観を逆手に取ったアンチ……いや、メタバッファーなんてキワモノとは思わなかったよ。――バフをあえて後がけするってひねくれた発想、確かに絶妙に製作者・正木洋介って感じなの」

第5話　ゲーム内掲示板06（神鳥獣使い）

プラネットイントルーダー神鳥獣使い掲示板Ｐａｒｔ13

115：バード協会さん［ネクロアイギス所属］　2ｘｘ0／05／04
レイドで人権が欲しい。俺達のスキルブックどこ……ドコ……

116：ソフィアさん［ネクロアイギス所属］　2ｘｘ1／05／08
誰もいないようだが、これから神鳥獣使いをやる人間のために神鳥獣使いの正しい使い方を書き記しておく

117：アリカさん［ルゲーティアス所属］　2ｘｘ1／05／08
いるぞ

118：くぅちゃんさん［ネクロアイギス所属］　2ｘｘ1／05／08

聖人じゃないか
こっちに出没するとは思わなかった

119：むっつーさん［ネクロアイギス所属］　2xx1/05/08
詳しく聞きたい

120：くぅちゃんさん［ネクロアイギス所属］　2xx1/05/08
まさかの陸奥サブキャラ

121：ソフィアさん［ネクロアイギス所属］　2xx1/05/08
まず神鳥獣使いのバフを世間一般のバフだと思うな
バフをかけるタイミングは【自動復活】スキルの発動に近いものがある

122：アリカさん［ルゲーティアス所属］　2xx1/05/08
何？

123：くぅちゃんさん［ネクロアイギス所属］　2xx1/05/08
はい??

124：むっつーさん［ネクロアイギス所属］　2xx1／05／08
死なければ発動しない能力に近い――つまり瀕死でバフをかける職ということか？

125：ソフィアさん［ネクロアイギス所属］　2xx1／05／08
話が早くて助かる
タンクのHPの減りが多い時にかけたバフほど継続回復力が増える、変動バフだ

126：アリカさん［ルゲーティアス所属］　2xx1／05／08
なんだそれは……

127：くぅちゃんさん［ネクロアイギス所属］　2xx1／05／08
それはもうバフではないのでは⁉

128：むっつーさん［ネクロアイギス所属］　2xx1／05／08
試してくるよ

129：アリカさん［ルゲーティアス所属］　2xx1／05／08

俺も

130：くぅちゃんさん［ネクロアイギス所属］ 2xx1／05／08
いってらっしゃい
ところで聖人よ
総合の方とキャラが違うがそれが素？　それとも聖人ロールプレイ？

131：ソフィアさん［ネクロアイギス所属］ 2xx1／05／08
さあ？

132：くぅちゃんさん［ネクロアイギス所属］ 2xx1／05／08
うざw

133：ソフィアさん［ネクロアイギス所属］ 2xx1／05／08
全職サブキャラでコンプリートしている陸奥は置いておいて、神鳥獣使いを死蔵している奴がまだいたのには驚いた
ヒラ専門のアリカは、まぁわかるが

134：くぅちゃんさん［ネクロアイギス所属］　2xx1／05／08
ああ、俺か？
元々フレと掲示板で話すために神鳥獣を取っててそのままだ
フレは総合の方の空気が苦手だったからな
俺も向こうじゃキャラ変えてるし

135：ソフィアさん［ネクロアイギス所属］　2xx1／05／08
鳥ロスで失踪したフレンドか

136：くぅちゃんさん［ネクロアイギス所属］　2xx1／05／08
結局復帰しなかった
他の連絡先を聞いておかなかったなんて馬鹿だろ俺？w
そのフレがMMOで初めてのフレンドだったんだよなぁ

137：ソフィアさん［ネクロアイギス所属］　2xx1／05／08
まだ死蔵するのか？

138：くぅちゃんさん［ネクロアイギス所属］　2xx1／05／08

もうちょい待つ
で、そのうち新職に鞍替《くら》えするわ　さすがにな

139：むっつーさん［ネクロアイギス所属］　2xx1／05／08
検証してきたよ
本当だった、これは駄目だ
神鳥獣使いから手を引くよ

140：くぅちゃんさん［ネクロアイギス所属］　2xx1／05／08
やっぱメインの宝珠導使いと真逆だから？

141：むっつーさん［ネクロアイギス所属］　2xx1／05／08
それもあるけど、何より問題はタンクがいないと成り立たないことだね
ダメージを受けないと回復量を引き上げられないなんて、これはソロを許さない職業だ
ちょっとここまで徹底してタンクとのセットを要求してくるヒーラーは正直初めて見たかもしれない

142：アリカさん［ルゲーティアス所属］　2xx1／05／08

遅れた
一回ミスって死に戻りしたぞクソ！　ＰＴ専用ヒーラーだったのか神鳥獣
あー！　もうマジでヤバい!!

143：くぅちゃんさん［ネクロアイギス所属］　２ｘｘ１／05／08
どうしたニキ？

144：アリカさん［ルゲーティアス所属］　２ｘｘ１／05／08
昔ダンジョンで何度か神鳥獣使いのバフ指導しちまってる……！
教えた奴が大概言動もライトだったからバフを事前にかけることも知らない無知な奴なんだって親切心でな!!

145：くぅちゃんさん［ネクロアイギス所属］　２ｘｘ１／05／08
ニキが地雷かよｗｗｗ

146：アリカさん［ルゲーティアス所属］　２ｘｘ１／05／08
クソ無知は俺の方だったわ　完全に黒歴史化した
その点、聖人はさすがだな

147：ソフィアさん［ネクロアイギス所属］ 2xx1／05／08
いや、俺もアリカと同じことして自爆した口
教えられた側だから

148：アリカさん［ルゲーティアス所属］ 2xx1／05／08
覇王か

149：ソフィアさん［ネクロアイギス所属］ 2xx1／05／08
いやそのフレンドに

150：くぅちゃんさん［ネクロアイギス所属］ 2xx1／05／08
察した、T君ね

151：むっつーさん［ネクロアイギス所属］ 2xx1／05／08
なるほど

152：ソフィアさん［ネクロアイギス所属］ 2xx1／05／08

そのフレンドはフレンドに教わったらしいが

153：アリカさん［ルゲーティアス所属］　2xx1／05／08
結局覇王

154：むっつーさん［ネクロアイギス所属］　2xx1／05／08
最初の人物に戻ってしまったね

155：くぅちゃんさん［ネクロアイギス所属］　2xx1／05／08
謎ループ会話やめてくれよwww

156：ソフィアさん［ネクロアイギス所属］　2xx1／05／08
話を戻すが、たぶんベータ時代にこの正しい神鳥獣使いの運用をしていた人間は一定数いたと思われる
もし1人もいなかったなら、正木がどこかで介入して調整していたはずだ
ただ、使えていたのがことごとくゲーム知識に無知なプレイヤーで掲示板に書き込むほどコアじゃない、いわゆるライト勢だったんじゃないだろうか
だから情報が上がってこなかった

157：くぅちゃんさん［ネクロアイギス所属］　2xx1／05／08
そういや覇王は元ライト勢

158：アリカさん［ルゲーティアス所属］　2xx1／05／08
平人男性で神鳥獣使いを選ぶ辺り、初期ステは見てないキャラクリだからな
ゲーマーとしては暴挙、だが一般人としては普通

159：くぅちゃんさん［ネクロアイギス所属］　2xx1／05／08
他のプレイヤーに注意されて、正しい使い方をしなくなった神鳥獣使いもいただろうしな……

160：アリカさん［ルゲーティアス所属］　2xx1／05／08
その件は本当に悪かった
彼らに全力で謝りたい

161：むっつーさん［ネクロアイギス所属］　2xx1／05／08
固定を組んでいるなら神鳥獣使いは有能かな？

162：アリカさん［ルゲーティアス所属］　2xx1／05／08
どうだろうな
タンクによってはHPを直ぐに回復されないと怖いから嫌がる
回復量が少ない地雷ポジから、ようやく他のヒーラーと同じ土俵に立てただけに思える
神鳥獣使いを選ぶ理由がまだ足りない

163：むっつーさん［ネクロアイギス所属］　2xx1／05／08
白魔樹使いと宝珠導使いで事足りるか

164：アリカさん［ルゲーティアス所属］　2xx1／05／08
そうだな

165：くぅちゃんさん［ネクロアイギス所属］　2xx1／05／08
じゃあニキも神鳥獣辞めて新職のヒーラーに転職する感じ？

166：アリカさん［ルゲーティアス所属］　2xx1／05／08
技療師使いはやらない

名称的にプレイヤーに近付くタイプのヒーラーだって予想つく
なら殴りヒーラーだろアレ　趣味じゃない

167：むっつーさん［ネクロアイギス所属］　2xx1／05／08
攻撃しながら回復出来るなら興味あるな

168：くぅちゃんさん［ネクロアイギス所属］　2xx1／05／08
果たして正木がそれをヒーラーとして許しているかどうか
聖人は神鳥獣使い続けるのか？

169：ソフィアさん［ネクロアイギス所属］　2xx1／05／08
続けるよ　解析の上位スキル見つけたし
それじゃ、ここの後の仕切りはよろしくアリカ

170：くぅちゃんさん［ネクロアイギス所属］　2xx1／05／08
え

171：むっつーさん［ネクロアイギス所属］　2xx1／05／08

え⁉

172：アリカさん［ルゲーティアス所属］　2xx1／05／08
はあああああ⁉　ちょっと待てやソフィアあああああッッッ‼

第6話　職業ギルド階級解放と薔薇《バラ》の好事家

神鳥獣使いギルドへ3人は向かった。

ソフィアはカフカに薔薇を見せにいく。ソフィアの姿はギルドに入った瞬間に消えた。

ツカサは、他の人がイベントを進行しているのを外から初めて見たので驚いた。個別のイベントは完全に別の空間で行われているようだ。

受付の女性と目が合う。彼女はにっこりと微笑み、ツカサに色とりどりの紙が貼り付けられている壁の木枠を手で指し示す。

「LV3以上の神鳥獣使いですね。こちら、神鳥獣使いギルドのギルドクエストとなっています。お好きな依頼を受け、ギルド階級を上げてくださいね」

《職業ギルド階級とギルドクエストが解放されました》

「ギルド階級、ですか？」

「ええ。ギルドには1級から10級というギルド階級があります。あなたは見習いですね？　見習いは10級のギルド階級となっております。ギルド階級を上げるには、依頼の達成数と神鳥獣使いの適正ＬＶが必要です。頑張ってギルドに貢献してください」

「階級を上げると、何かあるんでしょうか？」

「ギルド階級が上がるごとに、ギルドが取り扱う販売商品が増えます。ギルドクエストの難易度も上がり、種類も増えていきます。人気商品はメインとサブ職業を入れ替えられるアイテムやスキルを覚えられる書物、ギルド管理ダンジョン立ち入り許可証などでしょうか」

「スキル……」

商品一覧の紙を見せてもらった。すると紙の上に被さるようにブラウザが表示される。ブラウザ内の表の文字はほぼ灰色で、10級では買えないものばかりだ。

意外なことに魔法攻撃力アップや属性攻撃魔法のスキルの本がずらりと並んでいた。ヒーラーなのに攻撃手段を上げていいのだろうか。魔法アタッカーになってしまうと思うのだが。

5級で買える物に『神鳥獣のアクセサリーリング解放権』を見つけた。神鳥獣の足にリングをつけられるようになるものらしい。武器強化にあたる要素のようだ。

(5級を目指そう……!)

次に、張り出されているギルドクエストを見てみる。10級のクエストは『急募:医者の助手』、『教会の礼拝手伝い』、『村々の医療巡回』、『HP下級回復薬の納品』、『MP下級回復薬の納品』、『医療品の納品』、『薬草の納品』、『毒キノコの納品』だ。9級になるには、この中のクエストを5回クリアする必要がある。同じクエストを5回繰り返して達成してもいいという。

(回復魔法の仕事と、生産職と採集職の仕事から選べるんだ。あ、この『HP下級回復薬の納品』と『MP下級回復薬の納品』が達成出来る)

ちょうど、特典でもらった『HP下級回復薬』『MP下級回復薬』が各3つずつ手元にある。特典だが消耗品なので、納品してもいいのではないだろうか。持っていても使う機会がない気がする。

(HPは魔法で回復出来るし、それに僕は元々MPが多い種人だ。雨月さんからもらった明星杖でもっとMPも多くなっているから、戦闘中にMPがなくなって困ることはないと思う)

『HP下級回復薬の納品』を2回、『MP下級回復薬の納品』を3回、その場で達成した。報酬は各50Gで250G。経験値はなかった。

これで9級になった。次の8級になるには、9級のギルドクエストを最低3つ入れた8回のクエスト達成が条件だ。

「和泉さんはギルドクエスト、どこまで進めましたか?」

「ぜ、全然触ってなかったよ。後でやらなくっちゃ!」

「2人とも～! おまたせだよ～」

笑顔のソフィアが現れた。

「おかえりなさい、ソフィアさん」

「ふふ。昼間のカフカ様、とっても新鮮だったの」

「昼間……？」

ソフィアの発言にツカサは首を傾げる。

和泉はそもそもカフカを知らないらしく、ぽかんとしていた。

「いよいよ好事家に薔薇を渡して、クエスト達成だよ」

「好事家の人……ま、街に3人いるね」

「貴族街は衛兵の人が立ち入りを禁止しているので入れないです」

「じゃあ、実質2人？」

「んー」

ソフィアが腕を組んで口をとがらせる。意味ありげな上目遣いでツカサと和泉を順に見た。

「2人とも、これからもソフィアと一緒に遊んでくれる？」

「はい。ソフィアさんさえ良かったら」

「わ、わたっ私なんかのタンクでいいならぜひ……！」

「ソフィアの方は、インしていても一緒に遊ばないことあるよ？　ずっとソロでやってきたし、気まぐれなの」

「僕と和泉さんだって、一緒にいてもそれぞれ別のことをしたりするようになると思います。気が向いた時に一緒に遊ぶのでいいんじゃないでしょうか」

「しょ、職業も違うからね。そ、それに普段は私が勝手にツカサ君に合わせているだけだから、ツカサ君もソフィアさんも気にしないでくれたら私も気が楽だなって……！」

「そっか。わあい、嬉しいな！　神鳥獣使いは1人じゃ遊べない職業だもん。ソフィアも仲間に入れてほしかったの。これからよろしくね、ツカサ！　和泉！」

「こちらこそよろしくお願いします！」

「よ、よろしくです……!!」

3人とも笑顔で、なごやかにフレンド登録を交わした。確認のため、《フレンド一覧》の《ソフィア》を見る。

名前：ソフィア
種族：種人擬態人〈女性〉
所属：ネクロアイギス王国
称号：【影の英雄】
フレンド閲覧可称号：【カフカの忠臣】【ルビーの義姉】【パライソの外敵】【ベナンダンティの知己】【深海闇ロストダークネス教会司祭】【守護大名】【王国を裏より統べし者】【下剋上】【暗殺組織ギルド長】【闇の独裁者】【正義の鉄槌を赤へもたらす死神】

非公開称号：有り
職業：召魔術士ＬＶ50

ツカサは、ゴクリと唾を飲み込んだ。和泉はおののきながら「や、やっぱり……」とこぼした。

「暗殺組織ってＰＫＫの、えっと運営と関わりがある――……？」

ツカサの問いに、ソフィアは人差し指を唇に当てて可愛らしくウィンクする。

「みんなには秘密なの☆」

「は、はい……」

ツカサと和泉は半ば放心しながら、ソフィアの「こっちもちゃんとフレンドになったの」という明るい声に頷いた。桜文鳥がツカサの肩に乗ってくる。オオルリと並んだ桜文鳥は「ピピピピ」とオオルリに挨拶をした。２羽の交流はとてもほっこりする。

「ソフィアの職業、召魔術士になっているでしょ？　神鳥獣使いはサブ職業なんだよね」

「あ……フレンドで表示される職業はメインだけ……？」

（そういえば雨月さんも、二刀流剣士としか）

「そうなの。これからも本業はそっち。でも普段は出せないから――ごめんね？」

「は、はあ」

「それじゃあ、ソフィアについてきてね」

ソフィアの後を、ツカサと和泉はおっかなびっくりついていく。街の住宅地の奥へと進み、井戸のある狭い一角に出た。椅子に座った杖を持つ老人が、ポツンとその空間にいる。

ソフィアが左手を軽く挙げるとブワンッと機械的な音が鳴り、複雑な魔法陣が一瞬老人の前に浮かんで消えた。

続いて老人も右手を挙げる。同じような機械音と共に、先ほど消えた魔法陣と重なる空中の場所にまた別の魔法陣が一瞬浮かんで消えた。すると壁が剥がれ落ちて、今までなかった扉が出現する。

ツカサと和泉は声もなく驚いた。ソフィアがさっさと扉の先に進んでいくので慌ててついていく。

扉の先は階段で、降りるとそこは薄暗い道だった。

「地下通路……？」

「うん。ツカサと和泉は地図を開けないから、迷わないようにソフィアの傍を離れないでね。かなり迷路なの」

「秘密基地っぽい⁉　うわ……！　か、格好良い……っ」

和泉は道のくぼみごとに天幕を張っている屋台の数々に、目を輝かせていた。

薄暗い中、ほのかなランプの明かりで手元を照らし、店主らしき人達は全員が顔を隠し無言で客とやり取りをしている。うさんくささと独特の雰囲気がそこにはあった。

「ここは一体……」

「ここは特別な通行許可証がないと通れない道なの。でも、通行許可証を持つフレンドとパーティーを組んでいれば一緒にこられる場所だよ」

「僕達はソフィアさんのおかげで通れているんですね」

「ふふ。ソフィアに感謝してもいいの！」

「ありがとうございます」

「どういたしましてなのー」

場の雰囲気にツカサも次第に慣れていき、ドキドキと騒いでいた鼓動《こどう》も落ち着いてきた。ツカサの頬の傍に、柔らかな羽根の感触がある。オオルリがツカサに身を寄せていたことにやっと意識が向き、そっと手をやって撫でた。

先導されるままに歩き続ければ、入ってきた時と同じような井戸の一角があり、ソフィアが地上と全く同じやり取りを、座る老婆と交わすと、壁に扉が出現する。その扉の先は上り階段だった。

階段を上りきる。光が眩しくて、とっさに腕で遮った。

それから目を細め、辺りを見渡す。どうやら地上に出たようだ。背後には扉のある石像。眼前は手入れの行き届いた美しい薔薇の庭園だった。

地下を通っている時は消えていた地図が再び復活する。ツカサ達は貴族街にいた。地図の「！」マークが近付いてくる。燕尾服の執事を伴った、スーツ姿の壮年《そうねん》の男性がゆっくりと歩いてきた。

「おや、司祭様。お連れの方がいらっしゃるとは珍しい」

「マシェルロフ侯爵。いや、何。珍しい薔薇を手に入れてな。そこで貴殿の顔を思い出したのだ」

ソフィアはこれまでの無邪気な笑顔の様をガラリと変えて、大人びた表情と堂々とした口調で話し出す。

（これが演技して遊ぶロールプレイ！　ロールプレイ出来る人ってすごい……）

ツカサには真似出来そうにないと思った。

「ほう、それは光栄の至り。してその薔薇とはまさか」

「我が王に忠誠を」

「おぉ！　ローゼンコフィン!!」

ソフィアが手に持つ薔薇を見て、マシェルロフは相好を崩した。彼の後ろに控えていた執事が盆を持ってソフィア達へと近寄る。

ソフィアがツカサと和泉に「薔薇をのせるの」と促した。

《「真なるローゼンコフィンの薔薇」を渡しました》

「これはなんと、美しい……。スウィフ」

「かしこまりました」

執事が一旦屋敷へと姿を消し、今度は盆にずっしりとした袋を3つ載せて戻ってきた。袋をツカサ達に渡す。

《限定特殊クエスト『王の薔薇の住処』を達成しました！》
《達成報酬：経験値500、通貨10万Gを獲得しました》

「む。スウィフ、それでは司祭様に私の気持ちが伝わらないのではないか？」

「は！　思慮が足りず、申し訳ありません」

《好感度追加報酬：『造花製作見本書』、通貨20万Gを手に入れました》

「え!?　あ、あの……」

報酬が突然増え、その分を渡されたツカサは焦る。ソフィアが「いいの」と笑顔で流した。

帰りは馬車が用意され、その馬車に乗って貴族街からすんなりと城下街へと戻った。中央広場から離れた場所で馬車から降りると、翼をのばしたオオルリも上空に飛び、ツカサ達の頭上を気持ちよさそうに飛行した。ソフィアが笑う。

「終わったね！」

「は、はい。ソフィアさんにはお世話になってしまって。しかも報酬まで増えたのはソフィアさんがいたからですよね」

「気にしないで。あんまりネタバレしたくはないけど、ツカサ達もメインを進めたら貴族街に入れるようになるの。今回はちょっと裏道を通って、メインを進めていない状態で強引に入っちゃっただけだよ。そうだ！　和泉は採集好きだって言っていたよね。ソフィアは『草花図鑑』をもらったからあげるよ」

「ええっ⁉」

「『草花図鑑』は生花が採集出来るようになるスキルが、ポイント消費しないでゲット出来るアイテムだよ。ソフィア、生産も採集も触ってないんだよね。これからも時間取れないからやらないの。だからどうぞ」

「ああ、ありっありがとう……！」

「こちらこそなの。今日は２人ともソフィアに付き合ってくれてありがとー」

ソフィアはそう言ってパーティーから抜け、手を振りながら去っていった。ツカサと和泉も手を振ってソフィアを見送っていると、

「あー‼」

不意に、背後から叫び声が上がった。振り向けば、ツカサを指差して震えながらパクパクと口を開け閉めしている黒ローブの平人《ひらびと》女性が立っている。

紫色で『ミント』とプレイヤー名が頭上に浮かんでいた。

第7話　色々な人に話しかけられたネクロアイギス王国の街角

ミントというプレイヤーが、肩をいからせてズカズカとツカサの目の前に歩いてくる。自分より背丈の高い女性の興奮した様子は迫力があって怖かった。

ところが、彼女は口を開いた瞬間にフッとその姿を消した。ツカサは目を丸くする。

それから辺りを見渡して、困惑した表情の和泉と顔を見合わせた。

「なん……だったんでしょうか？」

「さ、さあ……？」

和泉は首をひねりながら「あ」と声を上げ、ツカサのベルトに下げられた杖に視線を向けた。

「その杖が……、えっとあの、きっ、気になったんじゃないかな？」

「杖？」

「黒いローブ姿だったし、たぶん魔法職のアタッカーの人だったから……う、えっと――」

ごにょごにょと和泉が言葉を濁して言う。何か思い当たることがあるのか、視線をさまよわせていた。

「ほ、ほしかったんじゃないかな！　って」

「あ。そっか……これ、本来は星魔法士の武器でしたよね」

（ＭＰが多くなるのは助かるけど、僕が持っていても宝のモチグサレなのかな）

するると、遠巻きにツカサ達を見ていた青色ネームの『逢魔《おうま》』というプレイヤーが急に話しかけてきた。

「その『明星杖』、１万Ｇで売ってくれないか？」

「え⁉」

「駄目か。じゃあ２万！　どうだ？」

突然の値段交渉にびっくりする。ツカサは慌てて断った。

「すみません。フレンドにいただいたものなので」

「あ、そう」

逢魔はあっさりと引き下がり、さっさと去っていった。それほど真面目に交渉するつもりはなかったようで、ツカサはホッと安堵する。

少し悩んだが、今後杖を欲しい人がいた場合は譲っていいかどうかを、雨月に尋ねることにした。

雨月にメールを送る。オオルリがツカサの肩へと下りてきた。空の散歩が終わったようだ。

「今日はもうダンジョンで疲れたので、後はのんびり過ごしたいです。和泉さん、街を散歩しませんか？」

「いいねっ」

２人で街を散策する。石造りの中世風の建物が並ぶ通りをぶらぶらと歩いた。街並みが物珍しく、ツカサはたびたび立ち止まり、建物を見上げてはじっくりと眺める。このリアルさは、モデルにした建造物などが実際に存在するのだろう。

「縦に長いですね」

「せ、西洋の昔の建物ってアパート？　うんと、どちらかっていうとマンションっぽいよね」

「なんとなく瓦って、日本のイメージがありました。西洋の屋根も瓦なんですね。それに色とりどりで」

「幾何学模様《きかがくもよう》、だねぇ。絵が描かれているっぽい屋根もあるし」

「壁のレンガも一色じゃなくておしゃれです。たまに建っている塔はなんの建物なんだろう……」

建物の間に階段がある。今のツカサ達がいる場所から降りる形になる階段の先には、レンガではなく漆喰《しっくい》の壁の建物がところ狭しに建ち並ぶ。上へと上がる階段の方はレンガに配色の入った建物が並んでいた。

「上に行ってみますか？」

「うん。上の建物が綺麗だし気になるね」

階段を上る。そこで地図の表示の変化に気付いた。

「和泉さん、ここハウジングエリアです！」

「うわ!?　本当だ!?　はあ、プレイヤーってこんな家を持てるんだ。……いいなぁ」

「いいですよね。VRのホームでも部屋を変えられますけど、家具とか設置するのが楽しいです」

「あれ、凝っちゃうよねぇ」

ふと、店らしき家があるのに気付く。雑貨屋かと思ったが、ガラス越しに見える店内は床から天井まで本棚で、隙間なく本が並べられている。まさしく本屋といったものだ。

扉の近くのカウンターには、白髪で髭《ひげ》をたくわえた老人がパイプをふかせて、本を読んでいた。

ゲームキャラクターだが、この店の店主なのだろうか。しかしここはハウジングエリア——プレイヤーの住居が並ぶ場所のはずである。

「ふ、雰囲気ある本屋さんだね」

「入ってみたいけど、ちょっと勇気がないです」

「うん……私も」

現代は、個人経営の本屋が無くなって久しい。目の前の本屋は、洋画の中でしか見たことのない海外の個人経営の本屋風なのだ。何やら格式高さを感じ、独特の雰囲気に畏縮した。

店の前から少し遠ざかり、それでも店の景観に目が惹きつけられていたツカサと和泉は、黒い看板の存在に気付いて思わず驚きの声を上げる。


——『ネクロアイギス古書店　〈URL：https://～〉』——


「いつも参考にしているブログの店⁉」

「あの世界観考察してるサイトさん……‼」

やはりプレイヤーの家だった。いや、この場合は店と言うべきだろう。

「ハウジングって店も出来るんですね」

「う、うん。あの店の本って、置物の本なのかな。それともまさかスキルブック……？」

「どうなんでしょう」

和泉の言葉で、追加報酬でもらった本の存在を思い出し、所持品から取り出した。

和泉がツカサの手元の本を覗き込んでタイトルを読む。

「『造花製作見本書』……生産スキル？　をツカサ君はもらったんだね」

「和泉さんは別の本ですか？」

「わ、私は『ガーデニング教本（薔薇）』だったよ。ソフィアさんにもらった『草花図鑑』もだけど採集スキルだね」

「全員違う本だったんですね」

しかし和泉の報酬を聞いて、ツカサは首を傾げた。何故、自分の報酬は生産職業のものなのだろうかと。

（薔薇の話だったから、生花に関係する本がもらえるのはわかるんだけど。僕の報酬は、正確に言うと物を作る本で花自体には関係しない本だよね。……変なの）

報酬は完全なランダムだったのだろうか。それともランダムながらも何か判断基準があったのだろうか。

そもそもダンジョンクエストの報酬が、戦闘系スキルの本ではないのが不思議だった。

ツカサは『造花製作見本書』のページをめくる。

《【特殊生産基板〈白銀〉】を取得しました》
《【特殊生産基板〈白銀〉】に【造花装飾LV1】（3P）スキルが出現しました》

「え？　あれ……？」

突然のアナウンスに、ツカサはぽかんとする。

「生産職業なんてないのに……？　えっ、なんで!?」

「どうかしたの、ツカサ君」

「生産の基板を取得したみたいなんです。生産ギルドには何も入っていないのに……」

「ええ!?」

驚く和泉は、しかし次の瞬間はっとする。

「そ、そういえばプラネって、戦闘職と採集・生産職のスキル回路ポイントが共通なんだよ。そのせい、なのかな!?」

「えっ……そうなんですか？」

「う、うん。そのせいで……って言い方していいのかわからないけど、戦闘職専門の人が採集と生産職のレベルを上げて入ったスキル回路ポイントを、採集と生産スキルを取らずに戦闘職のスキル取得に使うのが一部でセオリーになっているらしいの。騎士の掲示板でも、そのことで言い争っているのを何度か見た」

「そんなことしていいんですか……？」

「採集と生産のスキルを取らないと、採集と生産のレベルも上がらなくなるらしいから、結局戦闘用スキルも2つぐらいしか余分に取れないし、その状態だと新しい採集と生産職にも就けないから、そのやり方をしている人と、していない人との違いは大して変わらないし影響は少ないらしいけど。あ！　わた、私はそれしてないよ！　ちゃんと採集スキルを取ってる！」

（影響が少ない……？　でも2つもスキルを余分に取れちゃうなら、だいぶ違ってくるんじゃ……）

和泉からセオリーという言葉が出てくる辺り、大多数の戦闘重視のプレイヤーがやっているやり方なのだろう。

逆に、採集や生産職を重視するプレイヤーが、戦闘のスキル回路ポイントを使って、採集と生産に必要なスキルをたくさん取っていることもありそうだ。ゲームシステム上は〝メイン採集職〟〝メイン生産職〟という非戦闘職のメイン職業は存在しないが、スキル構成で擬似的になれるという訳である。

（スキル回路ポイントは有限なのに、スキル取得の自由度は高いんだ。人のスキル構成を真似したりしない限り、結構個性が出そう）

「あれー？　そこのキミ、ひょっとして生産やっている人⁉」

唐突に、ツカサは声をかけられた。それは青色ネームの『カイド』という種人にだった。

黒髪のおかっぱに黒い瞳で童顔。性別はどちらかわからない。背丈はツカサより低い――いや、種人擬態人で最大身長にしているツカサの方が珍しいのかもしれない。種人は小ささが売りなので、カイドのように小さな背丈に設定するのが普通なのだろう。

カイドは傍に近寄ってきて、ツカサの持つ生産職の本を無遠慮に覗き込む。

知り合いでもないのに突然距離を詰められて、酷く驚き戸惑った。人見知りの和泉は、ツカサの隣で完全に硬直している。

「い、いえ。たまたま本を手に入れて……」

「それで開いちゃったのぉ？　使っちゃったらもう売れないじゃん！　もったいなー！　『造花製作見本書』ってレアっぽいのにやっちゃったね」

「えっ……は、はい」

「そうだ！　折角なら生産やればぁ？　そうすればゴミ基板にならないっしょ！」

ツカサは「ゴミ基板」と言われて唖然《あぜん》とした。

「キミついてるよぉ！　ちょうどダンジョン産の生産秘伝書を持ってる奴が通りかかってんだもん。本当は古書店に売りにきたんだけど、格安で譲ってあげるよ！」

「え」

《『カイド』から『彫金秘伝書』と『20万G』とのトレード申請を受けました。承認しますか？》

「あ、あの、別に――」

「遠慮すんなって、な？　な！　なぁ？」

凄く押しが強かった。一見ニコニコと人が好さそうな笑顔だったが、ツカサの言葉を聞く気がまるでないようで有無を言わせない迫力があり、ツカサはすっかり相手の雰囲気に呑まれてしまう。

つい、流されるままに承認した。今までこんなふうに強く押しつけてくるような会話をする人間と話した経験がなく、断り文句が上手く切り出せなかったのだ。

――正直なところ、相手の押しの強さが怖かったというのもある。

「まいど！　ハハッ、じゃーな‼」

カイドは用が済んだとばかりに走っていなくなった。

しばらく茫然《ぼうぜん》としていると、青白い顔色の和泉が口を開いた。

「ツ、ツカサ君。大丈夫……？」

「……はい」

「な、なんか……強引で怖かったね」

静かに頷く。青色ネームのプレイヤーなのに、今まで会った赤色ネームのプレイヤーよりも怖かった。いや、違う怖さがあったというべきだろうか。

「ツカサ君。さっきの人、ブロックリストに入れておこう。また話しかけられるの、怖いよ」

「いいんでしょうか。こんなことで――」

「いいと思う。押し売りっぽかったし……っていうかたぶん押し売りだったよ！」

アーリーアクセス初日。ツカサはこの日初めて、プレイヤーをブロックする機能《ブロックリスト》を使った。

ここはオンラインゲームで、色々な人がいるのだということを再確認した日でもあった。

第8話　ゲーム内掲示板07（総合）

プラネットイントルーダー総合掲示板Ｐａｒｔ２５７

５０１：バルトラさん［グランドスルト所属］　２ｘｘ１／05／08
結局、相手の攻撃待ちになるじゃん
立ち上がりが遅いってレイドで致命的だろ
神鳥獣使いはＰＴに不要が結論

５０２：猫丸さん［グランドスルト所属］　２ｘｘ１／05／08
実戦の検証が足りん段階ではなんとも言えん

タンクとしては答えはまだ保留や

503：バルトラさん［グランドスルト所属］　2xx1／05／08
アリカだって神鳥獣使いはやらないんだろ？
それが答えなんだよな？

504：アリカさん［ルゲーティアス所属］　2xx1／05／08
俺は初めからピュアヒーラーの白魔術使いがメインだっつってるだろ
ブチ殺すぞ

505：嶋乃さん［ネクロアイギス所属］　2xx1／05／08
何度も同じ質問やめーや
ニキでなくてもキレるわ

506：Airさん［ルゲーティアス所属］　2xx1／05／08
＞＞バルトラ
自分で確認しろゴミ

507：バルトラさん［グランドスルト所属］　2xx1／05／08
こっちは地雷職になんかに関わって時間を無駄にしたくないんだよバーカ

508：Airさん［ルゲーティアス所属］　2xx1／05／08
死ねゴミ

509：バルトラさん［グランドスルト所属］　2xx1／05／08
てめぇが死ねよカスカスカスカス

510：ケイさん［ネクロアイギス所属］　2xx1／05／08
ウワァ……（・ω・；）

511：いくら丼さん［ルゲーティアス所属］　2xx1／05／08
荒れてんな

512：くぅちゃんさん［ネクロアイギス所属］　2xx1／05／08
これだから休止してた古参なんていらないって言ってたんだよ

513：猫丸さん［グランドスルト所属］　2xx1／05／08
帰ってきてんの害キチばっかりやんけ

514：くぅちゃんさん［ネクロアイギス所属］　2xx1／05／08
良識のあるプレイヤーは帰ってこなかったプレイヤー

515：カフェインさん［ルゲーティアス所属］　2xx1／05／08
正木同様、10日の正式サービス後に増えるだろう新規だけが希望

516：マウストゥ☆さん［グランドスルト所属］　2xx1／05／08
陸奥いる？

517：陸奥さん［グランドスルト所属］　2xx1／05／08
いるよ

518：マウストゥ☆さん［グランドスルト所属］　2xx1／05／08
今日は配信せんの？
採集中の作業用に長時間生放送欲しいんだが

519：陸奥さん［グランドスルト所属］　2xx1／05／08
アーリーアクセス期間はしない
新規も登録出来る正式版から再開するよ
じゃあこれ、オススメのゲーム世界大会生放送
＞＞https://～（生放送配信ページ）

520：マウストゥ☆さん［グランドスルト所属］　2xx1／05／08
カードゲームわからん
英語もわからん

521：くぅちゃんさん［ネクロアイギス所属］　2xx1／05／08
正木かな？

522：ケイさん［ネクロアイギス所属］　2xx1／05／08
向こうのアジア系の出場者がいるじゃんと思ったら、ガチの日本人だったでござる
なんか珍しいもん見た

523：陸奥さん［グランドスルト所属］ 2xx1／05／08
彼は「無限わんデン」っていうゲーム実況者だよ

524：嶋乃さん［ネクロアイギス所属］ 2xx1／05／08
ソロ廃人の実況界の友人？

525：陸奥さん［グランドスルト所属］ 2xx1／05／08
いや、勝手に影から応援しているだけなんだ
わんデンと違って僕はプラネだけの無名だしね
リアルの方では、昔はよくパーティーで顔を合わせていた知人だった
学閥《がくばつ》も同じだけど、彼は僕がゲーム生配信をしているのは知らないよ

526：ケイさん［ネクロアイギス所属］ 2xx1／05／08
学……閥……？

527：ジンさん［ルゲーティアス所属］ 2xx1／05／08
（セレブ）パーティー……？

528：マウストゥ☆さん［グランドスルト所属］　2xx1／05／08

おいやめろ

529：影原さん［ルゲーティアス所属］　2xx1／05／08

アーッ！　無限わんデンってアレか！

高学歴に嫉妬《しっと》したチームメンバーにハブられて失踪した実況主か‼

530：いくら丼さん［ルゲーティアス所属］　2xx1／05／08

いつの情報だよ　わんデンが復帰して1年以上は経つぞ

ただクズメン共がでかい顔してプロやってるFPS界隈には戻らなかっただけ

531：マウストゥ☆さん［グランドスルト所属］　2xx1／05／08

へぇ、検索したら普通に情報出てくる有名人なのな

あと「【マギシプロ】大会荒らしのアマチュア、無限わんデン決勝進出‼【絶望の始まり】」「素人に負けるプロゲーマーざっこwwwwwww」ってなんだよ、この煽りの関連記事はw

532：猫丸さん［グランドスルト所属］　2xx1／05／08

正木み
なんや炎上系ゲーマーなんか

533：いくら丼さん［ルゲーティアス所属］　2xx1／05／08
その記事は少し前にわんデンが元チームメンバーにザマアした大会のやつかな
わんデンハブって引退させたマギシが大会にプロゲスト枠で呼ばれてて、出場者にわんデンがいたのを2度見した様子の切り抜き動画が飯ウマでなぁ
ほれ　＞＞https://～（動画）

534：嶋乃さん［ネクロアイギス所属］　2xx1／05／08
wwwww

535：ジンさん［ルゲーティアス所属］　2xx1／05／08
わんデンとかいうのを目にした瞬間の顔ワロタ

536：いくら丼さん［ルゲーティアス所属］　2xx1／05／08
その2度見のプロ（笑）そのあと優勝ご褒美の名目で大会優勝者のわんデンと対戦させられて全敗したんだぜ……

537：よもぎもちさん［ルゲーティアス所属］ 2xx1／05／08
全敗は草生える

538：陸奥さん［グランドスルト所属］ 2xx1／05／08
わんデンのゲームセンス天才的だよ

539：ケイさん［ネクロアイギス所属］ 2xx1／05／08
ジャンル転向して世界大会に出られる辺り、色んなPSが私達と違う次元の人間なんだろうなぁ
多才で羨《うらや》ましい

540：ジンさん［ルゲーティアス所属］ 2xx1／05／08
格ゲーやらせても強そう（小並感）

541：Airさん［ルゲーティアス所属］ 2xx1／05／08
そろそろプラネに関係ない奴の話は自重しろカス

542：ケイさん［ネクロアイギス所属］　2xx1／05／08
あ

543：チョコさん［ネクロアイギス所属］　2xx1／05／08
!?（￣・ω・￣）

544：影原さん［ルゲーティアス所属］　2xx1／05／08
ん？

545：ケイさん［ネクロアイギス所属］　2xx1／05／08
ミントwwwwwww
回線落ちた？w

546：くぅちゃんさん［ネクロアイギス所属］　2xx1／05／08
BL（ブロックリスト）入れられたに1票
興奮っぷりが尋常じゃなかったからな

547：陸奥さん［グランドスルト所属］　2xx1／05／08

何があった？

548：ケイさん［ネクロアイギス所属］　2xx1／05／08
ミントがツカサ君に事案しかけて消えたwww

549：Airさん［ルゲーティアス所属］　2xx1／05／08
は？

550：ミントさん［ルゲーティアス所属］　2xx1／05／08
ちげええええええええええええええええええええええ！！！！！！！！！！！！
正木に落とされたんだよッッッッ！！！！！！！！！！！！！！！！

551：嶋乃さん［ネクロアイギス所属］　2xx1／05／08
いや、まず事案を訂正していけ
平人と種人の体格差で迫る絵面は言い逃れ出来ないもんだったが

552：猫丸さん［グランドスルト所属］　2xx1／05／08
正木が私情でいちプレイヤーの回線落とすわけないやろ!!（棒）

553：ジンさん［ルゲーティアス所属］　2xx1／05／08
いやぁ、覇王殺戮闘技場は強敵でしたね……（白目

554：ミントさん［ルゲーティアス所属］　2xx1／05／08
おいいいい！！！　ここ監獄じゃねぇかああああ！！！！

GMが赤色ネームの奴はLV9以下の青色ネームプレイヤーに街中で接近禁止だって言ってきやがる！！！！！！

納得出来ねぇぇぇぇぇぇぇぇぇぇぇぇ！！！！！

禊《みそぎ》終わって紫ネームになっただろうがよおおおおおおおおおおお！！！！！！！！

555：くぅちゃんさん［ネクロアイギス所属］　2xx1／05／08
接近禁止↑ガチ事案扱いな件

556：猫丸さん［グランドスルト所属］　2xx1／05／08
＞＞紫ネーム
まだ数日は仮出所中なのかもしれんな
正確にはお前は赤色ネームなんやろ

557：いくら丼さん［ルゲーティアス所属］　2xx1／05／08
この制約追加、パッチノート動画に情報あったか？

558：隻狼さん［グランドスルト所属］　2xx1／05／08
なかった　サイレントアップデートか？
後でもう一度規約も確認してみるわ

559：くぅちゃんさん［ネクロアイギス所属］　2xx1／05／08
ここまで気を遣うならいっそPK要素消せよ正木
完全に邪魔になってきてるだろ

560：カフェインさん［ルゲーティアス所属］　2xx1／05／08
でもプラネの.Na○k要素、もうこれしか残ってないんですよ!!

561：隻狼さん［グランドスルト所属］　2xx1／05／08
いや、PKも他ゲーにいくらでもある要素だしこの掲示板もBBSとはやっぱり違うか
らなぁ

暗殺組織ギルドも自警団とは言いがたい
ある意味あの要素は完全に消えた……残念過ぎる

562：ジンさん ［ルゲーティアス所属］ 2xx1／05／08
×消えた
○消した

563：Airさん ［ルゲーティアス所属］ 2xx1／05／08
正式版前に火消ししきったな正木の奴

564：嶋乃さん ［ネクロアイギス所属］ 2xx1／05／08
逢魔が明星杖に2万とか、ぼる気満々でツカサ君に話しかけてて吹いた

565：ケイさん ［ネクロアイギス所属］ 2xx1／05／08
直ぐに引き下がったけどアレ駄目だろwww

566：ミントさん ［ルゲーティアス所属］ 2xx1／05／08
あああああああああああ俺の明星杖ええええええええええええええええええええ

えええええ！！！！！！！

567：Skyダークさん［グランドスルト所属］　2xx1／05／08
お前のものではない

568：陸奥さん［グランドスルト所属］　2xx1／05／08
ああ、なるほど
彼が明星杖を持っていたのか

569：くぅちゃんさん［ネクロアイギス所属］　2xx1／05／08
近くで見てたが、ツカサ君の「フレンドにいただいた」って断りワードが強過ぎる

570：カフェインさん［ルゲーティアス所属］　2xx1／05／08
最強呪文か必殺技かな？w

571：くぅちゃんさん［ネクロアイギス所属］　2xx1／05／08
さすがに経済ぬしも覇王の名前にビビって逃げたぞ

572：影原さん［ルゲーティアス所属］　2xx1／05／08
ツカサ君って覇王に貢《みつ》がれてるの？　姫ちゃんなの？
ひょっとして中身女の子なの⁉

573：Skyダークさん［グランドスルト所属］　2xx1／05／08
黙れよロリコン

574：Airさん［ルゲーティアス所属］　2xx1／05／08
逢魔はマケボだけいじってろ
部屋から出てくんな

575：いくら丼さん［ルゲーティアス所属］　2xx1／05／08
なんでアイツ外をうろついてたんだ？

576：マウストゥ☆さん［グランドスルト所属］　2xx1／05／08
逢魔はマネーゲームで遊べなくなったから休止してた
そんで久々にログインしたら外だったんじゃね

577：Ｓｋｙダークさん［グランドスルト所属］　２ｘｘ１／05／08
過疎ってマケボも動かなくなってたからな
逢魔も大概別ゲーやってるっていうか、金勘定してないで普通に遊べよっていう

578：隻狼さん［グランドスルト所属］　２ｘｘ１／05／08
数字を増やすことだけが楽しい輩はどのＭＭＯにもいる

579：マウストゥ☆さん［グランドスルト所属］　２ｘｘ１／05／08
金貯めるだけで使わんのだろ？　理解不能だわ

580：くぅちゃんさん［ネクロアイギス所属］　２ｘｘ１／05／08
聖人とツカサ君が一緒にいた件

581：いくら丼さん［ルゲーティアス所属］　２ｘｘ１／05／08
聖人は別に怖くねぇな

582：Ｓｋｙダークさん［グランドスルト所属］　２ｘｘ１／05／08
私情でＰＫＫしないからな

583：くぅちゃんさん［ネクロアイギス所属］ 2xx1／05／08
品行方正な暗殺組織ギルド

584：猫丸さん［グランドスルト所属］ 2xx1／05／08
運営公式の弊害やな

585：嶋乃さん［ネクロアイギス所属］ 2xx1／05／08
ミント、今いくら金出せる？

586：くぅちゃんさん［ネクロアイギス所属］ 2xx1／05／08
突然の恐喝《きょうかつ》

587：嶋乃さん［ネクロアイギス所属］ 2xx1／05／08
違うわ！ｗｗｗ
明星杖譲ってもらうなら金が必要だから聞いたんだ
覇王に集金されたばっかりだろ、金は持ってるのか？

５８８：ミントさん［ルゲーティアス所属］　２ｘｘ１／05／08
全財産持ち歩くなんて馬鹿なことはしてないから倉庫にそれなりにある

５８９：カフェインさん［ルゲーティアス所属］　２ｘｘ１／05／08
それより監獄から出る方が先なんじゃないですかね

５９０：Ａｉｒさん［ルゲーティアス所属］　２ｘｘ１／05／08
いや、ミント本人はいらん
相方のからしに交渉してもらえ　黄色ネームなら近づける

５９１：ミントさん［ルゲーティアス所属］　２ｘｘ１／05／08
逢魔を断ってるんだよな⁉　交渉次第でワンチャンあるのか……⁉

５９２：マウストゥ☆さん［グランドスルト所属］　２ｘｘ１／05／08
レベル１００に上限が上がった今、レベル50武器の明星杖なんて今更いるか？
もう産廃だろ

５９３：ミントさん［ルゲーティアス所属］　２ｘｘ１／05／08

ハアアアァァァァ!?　んなわけねぇええええだろうがあああああああああああ！！！！！

５９４：Ａｉｒさん［ルゲーティアス所属］　２ｘｘ１／05／08
ウザいからミントを刺激すんな
ほしがる理由なんてスキル取得武器だからに決まってる

５９５：カフェインさん［ルゲーティアス所属］　２ｘｘ１／05／08
星魔法士にとって名前に「星」がつく武器は特殊戦闘基板のスキルが付くやつなんで死活問題

５９６：ケイさん［ネクロアイギス所属］　２ｘｘ１／05／08
そこまでしなくても出るまでダンジョン周回すればいいじゃん
傭兵団の身内はどうしたんだよ　そのために固定を組んでいるんだろ？

５９７：ミントさん［ルゲーティアス所属］　２ｘｘ１／05／08
もう武器出た奴らは一緒に回ってくれねーよ！　ってかこれでも軽く１００周回以上は付き合ってもらったんだよ!!　これ以上迷惑かけられるか!!

なのに明星杖だけマジで全然出ねぇ……!!　だからアリカや野良と回ってたんだろうがああ！！！！！！

598：くぅちゃんさん［ネクロアイギス所属］　2xx1／05／08
そしてガーリックスによるアイテムパス約束ガン無視の明星杖取り逃げ事件へ

599：ミントさん［ルゲーティアス所属］　2xx1／05／08
あのクズ野郎2度と俺の野良パーティーに参加させてたまるくああ!!　殺してでも奪い取りるうぐああ！！！！！！！！！！！

600：よもぎもちさん［ルゲーティアス所属］　2xx1／05／08
発作出てますよ

601：花さん［グランドスルト所属］　2xx1／05／08
怖い怖い

602：チョコさん［ネクロアイギス所属］　2xx1／05／08

（￣・ω・￣）

603：柳河堂さん［ネクロアイギス所属］　2xx1／05／08
うちの店の前で不届きな取引をした者は二度と店の敷居をまたがせない
ブロックリストに入れて永久に入店不可
運営に通報済み
今後も店の前で詐欺をする可能性があるため晒しておく
＞＞証拠のログSS
＞＞プレイヤー名：カイド／星魔法士

604：陽炎さん［グランドスルト所属］　2xx1／05／08
!?

605：ケイさん［ネクロアイギス所属］　2xx1／05／08
こっわ

606：猫丸さん［グランドスルト所属］　2xx1／05／08
店主激おこやんけ……

６０７：カフェインさん［ルゲーティアス所属］　２ｘｘ１／05／08
淡々としたブロック報告が逆に怖いんだが

６０８：ジンさん［ルゲーティアス所属］　２ｘｘ１／05／08
義憤《ぎふん》ニキの比じゃないレベルの怒りを感じる

６０９：Ａｉｒさん［ルゲーティアス所属］　２ｘｘ１／05／08
コイツも星魔法士かよ
ミントといい、騒ぎ起こして星魔法士の評判下げる行為やめてくれ
本当迷惑だわ

６１０：アリカさん［ルゲーティアス所属］　２ｘｘ１／05／08
＞＞証拠のログＳＳ
なんだこのログ？　店主がその場にいて記録したものじゃないようだが

６１１：隻狼さん［グランドスルト所属］　２ｘｘ１／05／08
雇っているＮＰＣのログ

ＮＰＣは店舗内だけじゃなく店周辺のログと動画も撮ってくれる優れもの
要は監視カメラみたいなもん
店の前で客引きしたり営業妨害する輩の対策にＮＰＣ雇えって言われる理由がコレ

６１２：花さん［グランドスルト所属］ ２ｘｘ１／05／08
彫金秘伝書に20万⁉　２桁間違えてない……？

６１３：マウストゥ☆さん［グランドスルト所属］ ２ｘｘ１／05／08
２０００Ｇでも高い

６１４：いくら丼さん［ルゲーティアス所属］ ２ｘｘ１／05／08
アクセで彫金の需要は馬鹿みたいに高いが、作り手側に超絶不人気のせいで秘伝書も投げ売りだもんな

６１５：猫丸さん［グランドスルト所属］ ２ｘｘ１／05／08
全てミニゲームの難易度が高すぎるせいや

６１６：マウストゥ☆さん［グランドスルト所属］ ２ｘｘ１／05／08

アクセが欲しいなら自分で作れ戦闘職ども
作れないならダンジョン産で我慢しろ　誰がやるかあんな苦行弾幕ゲー

617：花さん［グランドスルト所属］　2xx1／05／08
マケボ見てきた
20Gだった悲しい

618：ケイさん［ネクロアイギス所属］　2xx1／05／08
2桁ってそっちの……（、・ω・`）

619：嶋乃さん［ネクロアイギス所属］　2xx1／05／08
ちょwww　待て待て被害者の名前！wwwwwww

620：よもぎもちさん［ルゲーティアス所属］　2xx1／05／08
取引相手がツカサ君なの草

621：ケイさん［ネクロアイギス所属］　2xx1／05／08
逢魔はかわせたのにコイツには引っかかってカモられちゃったかー……（、；ω；`）

622：猫丸さん［グランドスルト所属］　2xx1／05／08
霸王は何しとるんじゃい！

623：いくら丼さん［ルゲーティアス所属］　2xx1／05／08
霸王ならルゲーティアスでパライソに捕まってる
たぶんイベント？　パライソがニッコニコで霸王とカフェテラスで話してるわ

624：猫丸さん［グランドスルト所属］　2xx1／05／08
闘技場であれだけプレイヤーぶっ殺してたら、そりゃアイツもニッコニコになるやろな

625：Airさん［ルゲーティアス所属］　2xx1／05／08
これからもなりふり構わずに金稼ぐ奴は跡を絶たないだろ
ハウジングがあるからな

626：いくら丼さん［ルゲーティアス所属］　2xx1／05／08
全然ハウジングに興味持てん俺にはさっぱりわからんわ
悪評立ててまでやることか？　どうでもいいだろ家なんて

627：カフェインさん［ルゲーティアス所属］　2xx1／05／08
そこはまぁ、やりこむ要素は人それぞれなんで

628：ミントさん［ルゲーティアス所属］　2xx1／05／08
あああああああああああああ明星杖も売られるうううううううううううううう！！！！！！！！！！　からし早くログインんんんんんんんんんんんんん！！！！！！！！

629：猫丸さん［グランドスルト所属］　2xx1／05／08
ここに別の私利私欲の代表がおるぞ

630：いくら丼さん［ルゲーティアス所属］　2xx1／05／08
おう、ミントの気持ちは痛いほどわかるわw

第9話　不思議なツミとトレード交渉

5月9日。

今日は登下校中に珍しい鳥を見た。「ピューヒョロロー」とトビの鳴き声が青空に響いていたのだが、飛んでいたのはツミだったのだ。

ひと目見て珍しいと喜んだ征司に対して、カナは「セイちゃん、あれはたぶんトビだよ！」と言った。

「でもあの顔と羽はツミだったと思う」

「遠くてよく見えなかったじゃない。トビの声だよ、きっとトビだよ」

ちょうど山から出て来たところの山の警備狸ロボット『ポコポコさん』を捕まえて、判断をゆだねた。ポコポコさんはリアルタイムの渡り鳥の分布を調べてくれて、先ほど上空を通った鳥はやはりツミだったとわかる。そしてカナには「セイちゃんすごい。タカっぽい見た目なのに、ツミって鳥だってわかったんだ」とすごく感心されたのだ。

夕食時、その話を父にした。

「トビの声が出せるなんて凄いツミだったんだなぁ」

カナと違って、征司ではなく、ツミを褒めた父の言葉が印象的だった。

勉強と寝る準備を済ませてログインする。アーリーアクセス2日目だ。

昨日和泉と話して、今日はソロ用コンテンツのメインクエストを他国に行けるようになるところまでお互い進めることに決めていた。思いがけずプレイヤーから『彫金秘伝書』を買ってしまったツカサだったが、肝心の彫金ギルドはグランドスルト開拓都市にある。他国なので、ひとまずメインクエストを進めることにしたのだ。

一応今の状態でも他国に行くことは出来る。ただその場合、国境の関所が通れないので迂回《うかい》して山の中を進み、密入国という形になるそうだ。それはそれで特殊なクエストが発生するそうだが、正規のクエストルートではないのでやめておく。

ツカサは教会の自室のベッドで目を覚ました。

木枠の窓からは淡い陽の光が差し込んでいて、部屋のほこりが舞っているのが見える。石壁から漂うひんやりとした温度と少しのかび臭さ、現実世界と錯覚《さっかく》しそうなリアリティがあった。

ただ、視界の四隅に配置されている地図や文字ログ、クエストジャーナルなどのシステム的な表示が、これがバーチャルなゲーム世界だと常に訴えてくる。

（朝、昼、晩。太陽が上がって沈むサイクルはあるけど、このゲームの世界の日付自体はメインクエストが進まないと停止しているから、クエストを放置してゲームキャラクターを待ちぼうけさせても大丈夫）

公式サイト『プラネット　イントルーダー・オンライン』に書かれた説明を思い出しながら、ベッドの2段目を見上げた。

そこには変わらず寝息を立てているゲームキャラクターのルビーがいる。ツカサが何日も別のクエストをしていても、ルビーの中では1日も経っていないのだ。

（それに、食事は普通には出来ないんだっけ）

昔、海外で餓死者や栄養失調の入院患者が出て以降、バーチャル内で空腹を満たせる食事の体験については厳しく規制されている。いくら事前に注意を促しても、ゲームの中で食べたから現実では食べない、という人間が跡を絶たずに亡くなったことが社会問題になったのだ。現代社会の教科書に載っているほどの話なのである。

VRMMO『プラネット　イントルーダー・オリジン』世界にも生産職業に調理師があり、料理は食べられる。だが、匂いはあっても食事は食べる動作をすれば食べたことになり消える仕様だそうで、リアルな食事自体はない。

ならば調理師の料理とはなんなのかというと、使えば一時的に戦闘の力を上げたり、採集や生産のスキルの効果を上げるバフ付与を目的としたアイテムである。

人気はほどほどにある職業だが、美味しそうな匂いをかがされ続け、ログアウトしてご飯を食べたくなると話題で「拷問系生産職」と揶揄されてもいるらしい。

料理は消耗品。需要は常にあり、生産職業の中では比較的簡単に稼ぎやすいと攻略サイトに載っていた。

このゲーム内の食事――調理師を調べた時から、あまり見ないように目をそらしていたのだが、チラチラと視界に入る、不人気生産職業の項目に何というか……彫金師が名を連ねているようなのだ。

嫌な予感がしながらも、思い切って壁にかかる黒板のマーケットボードに触れる。マーケットに出品していた『カジュコウモリの羽』と『果樹林のハーブHQ』は全て売れていた。合計350Gの儲けで地味に嬉しい。それから『秘伝書』を検索する。

（ああ……やっぱり）

『彫金秘伝書』は、20Gと格安の値段で出品されていて肩を落とした。押し切られてトレードしてしまったが、これからはマーケットボードで値段を確認してからトレードしようと思う。

（『秘伝書』の高さは人気順なのかな。『裁縫秘伝書』が1番高くて200万G、次が『木工秘伝書』と『鍛冶秘伝書』で150万G。金額の桁が全然違う）

生産職業には、スキルで物を作るだけでなくミニゲームという工程があるのだとか。

ＮＱ《ノーマルクオリティ》の物はスキルのみで作れる。

ＨＱ《ハイクオリティ》の物はスキルとミニゲームをクリアして作れる。

さらにミニゲームをパーフェクトでクリアして作ったHQの物には、特殊効果がつけられるらしい。人気がある生産職業はミニゲームが簡単なのだそうだ。逆に不人気の生産職業はミニゲームが難しいと『ネクロアイギス古書店主の地下書棚』ブログで書かれていた。

（難しくても彫金はやってみたいな。神鳥獣のリング装備、ＮＱでいいから手作りしたい。……あ！　メール来て――あれ？　36通も）

１通は雨月からだ。ツカサへの返信だった。

『差出人：雨月
件名：無題
内容：杖はツカサさんにあげたものだから人に譲っても構わない。
　だが譲る場合は、無料やアイテムでの交換はしないでくれ。
　武器には正規の相場がある。最低３００万Ｇ以上でトレードを』

ツカサは目が点になって、茫然と雨月のメールを見つめた。

（さ……さんびゃくまん……!?）

大きな金額に驚く。やはり稀少《きしょう》なものだったのだ。だから街中でも声をかけられたのだろう。他に35通も来ていたメールは、名前も知らないプレイヤーからだった。全ての内容が『明星杖』を譲ってほしいというものでサアッと血の気が失せる。

（どうしたらいいんだろう、これ……。大事になってる）

その中に以前謝罪のメールをくれたＳｋｙダークの名前があることに気が付いた。

『差出人：Ｓｋｙダーク
件名：星魔法士の武器について
内容：星魔法士の明星杖を持っていると聞いたので連絡した。
フレンドの「からし」というプレイヤーが
その武器が欲しいので交渉したいそうだ。
断るにしても連絡してほしい』

（Ｓｋｙダークさん。会うのは少し怖いけど、パーティー募集板の使い方を教えてくれた人だから、きっとフレンドもまじめな人だろうし。前に迷惑をかけたんだ。Ｓｋｙダークさんが仲介している人に譲ろうかな……？）

一旦、肩に乗るオオルリのふかふかのお腹を撫でて、心を落ち着かせる。それから、他のメールには断りの返信をして、Ｓｋｙダークに了承のメールを送った。

すると即座にメールが返ってくる。『今日でも明日でも、とにかく今からいつでもＯＫらしい。そちらが指定した場所で早めに交渉したいそうだ』と急いでいるようにも受け取れる内容だったため、直ぐに会うことにした。

教会前で待ち合わせる。見知らぬプレイヤーとこれから話をすることになるかと思うと、かなり緊張してドキドキした。「ピーチュイチュイ」とさえずるオオルリが癒やしだ。

やってきたのは黄色ネームの『からし』という人物だけだった。腕には鱗《うろこ》、トカゲの尻尾。中東風の衣装を着た砂人《すなびと》女性のからしは、最初から平身低頭の姿勢で開口一番詫びの言葉を告げてくる。

「ごめんね、ごめんね。いやぁ、手間かけさせちゃってホント申し訳ない」

「初めまして、こんばんは」

「うおっと、そうだった。初めまして、どうもどうも」

「あの、Ｓｋｙダークさんは」

「あー、あいつクエストで離脱出来ないってさ。悪いね、自分だけで。『明星杖』だけど５Ｍ——いや、５・２Ｍでどうだろうか！」

「え？」

単語がよくわからず、ツカサはからしを不思議そうに見上げる。からしは何故か「うんうん」と納得顔で頷いた。

「わかった、代わりの杖もつけよう！」

《『からし』から『５２０万Ｇ』と『古ファレノプシス杖』のトレード申請を受けました。承認しますか？》

「え!?」

「時価だからね、今は上げられてもここまでの値段。ここからまた馬鹿みたいに下がるかもだし、上がるかもだし？　まぁ、時間にはかえられない。これで手をうってほしいなってか、ホント頼みます！　譲ってください！」

がばっと頭を下げられて、ツカサは慌てて承認をした。

「はっ、はい。どうぞ」

「うわーっ、ホントありがとう！」

両手を取られて握手され、さらにびっくりする。握られた手とからしの顔を交互に何度も見た。

「え……!?　ええっ!?」

「あ、ごめんごめん。PVP勢と接触するのは初めて？　NPCよろしく他のプレイヤーに接触出来ちゃうんだよねぇ。軽く触れられる程度だけど。アッ!?　セクハラ通報はしないでくださいお願いします調子に乗りましたすみませんです！」

ぱっと手を放すからしの勢いに引きずられるまま、こくりと頷いた。

「とにかく助かった！　この杖が手に入らなさすぎて引退しそうなのが身内にいて困ってたんだ」

「ご家族で遊んでいるんですか？」

「いやいや、同じ傭兵団のメンツって意味ね。ガチ身内ってわけじゃないから！　んじゃあ、マジでありがとう!!」

「こちらこそ、Ｓｋｙダークさんにはお世話になりました」

からしは笑顔で手を振りながら走り去っていく。

ツカサも手を振って見送っていると、運営のアナウンスのブラウザが目の前に表示された。

《アップデート情報。NPC好感度システムの可視化のお知らせ。

《NPC友好度一覧表》をメニューに追加しました。これまで不可視であったNPCの好感度が確認出来るようになります。どうぞ『プラネット イントルーダー・オリジン』世界の住人との交流にご活用ください》

『カフカ……（╹◡╹）
？？？……⁇
？？？……⁇
ルビー……（╹◡╹）』

（笑顔？）

メニュー欄には《NPC友好度一覧表》なるものが増えていたので見てみたが、正直よくわからなかった。とりあえず、ゲームキャラクターに嫌われてはいないんだろうなとは思った。

第10話　ゲーム内掲示板08（総合）

プラネットイントルーダー総合掲示板Ｐａｒｔ２５７

９００：真珠さん［グランドスルト所属］　２ｘｘ１／05／09
うちの傭兵団のライトちゃん帰って来た……！；；

９０１：ミントさん［ルゲーティアス所属］　２ｘｘ１／05／09
先手必勝で昨日ＳＮＳに闘技場の件を書きまくったのが効いたか
ＰＫは迫害されてなんぼ　二度と正義面させるかよ

９０２：ジンさん［ルゲーティアス所属］　２ｘｘ１／05／09
迫害されてなんぼ（監獄から発言）

９０３：よもぎもちさん［ルゲーティアス所属］　２ｘｘ１／05／09
草

904：猫丸さん［グランドスルト所属］　2xx1／05／09
運営が全面的にＰＫ叩く姿勢を押し出したんが、逆に良い宣伝になっとるようやな

905：ミントさん［ルゲーティアス所属］　2xx1／05／09
過疎った原因は理不尽なＰＫじゃん
ならＰＫ共が理不尽な目に遭ってれば戻ってみようかって気の迷いで復帰する奴はいるってのの

906：嶋乃さん［ネクロアイギス所属］　2xx1／05／09
気の迷いなのかよｗ

907：Ｓｋｙダークさん［グランドスルト所属］　2xx1／05／09
ミント暇そうだな

908：ミントさん［ルゲーティアス所属］　2xx1／05／09
外部のことしかすることねぇえええええええ！！！！！
監獄内じゃ全機能封じられてＧＭ看守に話しかける以外にやれることねぇし！

だからってログアウトしてたらいつまで経っても刑期が終わらねぇし!!
VR使いながら携帯端末も使って掲示板書き込んでんだよこっちは！！！！！！！

909：ユキ姫さん［ネクロアイギス所属］ 2xx1／05／09
うるさいよ??

910：ミントさん［ルゲーティアス所属］ 2xx1／05／09
うるせえのはお前だハアアアアアッッゲエエエエエエエ！！！！！！

911：猫丸さん［グランドスルト所属］ 2xx1／05／09
だ、誰が禿《は》げやねん！

912：ジンさん［ルゲーティアス所属］ 2xx1／05／09
様式美

913：ケイさん［ネクロアイギス所属］ 2xx1／05／09
プラネがSNSでトレンド入りしてるじゃん
新規マジで結構増えそうw

914：くぅちゃんさん［ネクロアイギス所属］　2xx1／05／09
わざわざ真性悪役ムーブした甲斐があったな正木？

915：カフェインさん［ルゲーティアス所属］　2xx1／05／09
いえ、正木は単に赤ネームを公開処刑したかっただけです

916：ユキ姫さん［ネクロアイギス所属］　2xx1／05／09
正木はガチのキチだよ？？？

917：からしさん［グランドスルト所属］　2xx1／05／09
ミント朗報
ツカサ君に明星杖売ってもらえたぞ

918：ミントさん［ルゲーティアス所属］　2xx1／05／09
！！！！！

919：ケイさん［ネクロアイギス所属］　2xx1／05／09

おお

920：ミントさん「ルゲーティアス所属」　２ｘｘ１／05／09
やったああ！！！！！！！！！！！！！！

921：Ａｉｒさん「ルゲーティアス所属」　２ｘｘ１／05／09
うるせえぞカス

922：嶋乃さん「ネクロアイギス所属」　２ｘｘ１／05／09
おめ

923：まかろにさん「グランドスルト所属」　２ｘｘ１／05／09
おめでとー

924：ミントさん「ルゲーティアス所属」　２ｘｘ１／05／09
マジ感謝!!　あの怖い守護者出てきた？

925：からしさん［グランドスルト所属］　2xx1／05／09
いなかったが、そのせいでテンパって変なテンションだったわw
バックにいる保護者の顔が頭にちらついて仕方なかったんで、気を利かせて詐欺られた20万も補填してみた
杖もつけたし、たぶん大丈夫だろ……（チラチラッ

926：嶋乃さん［ネクロアイギス所属］　2xx1／05／09
覇王を保護者扱いするなwww

927：ミントさん［ルゲーティアス所属］　2xx1／05／09
いつもセットのタンクは？

928：からしさん［グランドスルト所属］　2xx1／05／09
今日ツカサ君1人だったな
ってか言ってること可愛かったんだけど、あの子天然なの？
なんかぽやーんとしてた　キチ率高い種人できゃわたん！　って思ったの初めてだわ
ショタいけるとかもう駄目かもしれんね……（吐血）

929：影原さん［ルゲーティアス所属］　2xx1／05／09
　またホモォ

930：Skyダークさん［グランドスルト所属］　2xx1／05／09
　挨拶聞いた感じ、落ち着いているっていうかゆったりしてるよな
　敬語の発音の仕方が良いのか喋り慣れてるのか、全然堅くなかった気がする
　俺の周りでは見ないタイプ

931：猫丸さん［グランドスルト所属］　2xx1／05／09
　横から話を聞いてるかぎり育ち良さそうやな

932：からしさん［グランドスルト所属］　2xx1／05／09
　＞＞Skyダーク
　今回助かったけど、お前へのツカサ君の好感度の高さが一番解せんかったわい！
　なんなん？　パーティー募集で無言抜けした奴に「お世話になりました」って感謝してたぞ
　メールも自分とミントの名前じゃ断られたのに、お前で受けてくれるとか意味不明過ぎ

たわ

933：Skyダークさん［グランドスルト所属］　2xx1／05／09
単に印象に残ってたんだろ

934：からしさん［グランドスルト所属］　2xx1／05／09
ホントにそれだけかー？（・ω・`）

935：NPCさん［ルゲーティアス所属］　2xx1／05／09
ツカサきゅん、きゃわわ^^

936：ミントさん［ルゲーティアス所属］　2xx1／05／09
生粋の変質者は去れッ！

937：Skyダークさん［グランドスルト所属］　2xx1／05／09
好感度と言えば、突然の可視化アプデ来たな

938：嶋乃さん［ネクロアイギス所属］　2xx1／05／09

数値化はしなかったかって感じ
ちょっと見直した

939：Skyダークさん［グランドスルト所属］　2xx1／05／09
そうか？　顔マークの表情で判断するって曖昧過ぎて微妙じゃね

940：影原さん［ルゲーティアス所属］　2xx1／05／09
顔マークでもショッキングだった……ブラヴァレナちゃんの無表情な普通顔

941：隻狼さん［グランドスルト所属］　2xx1／05／09
あれなんか既視感が

942：Airさん［ルゲーティアス所属］　2xx1／05／09
あるか？

943：影原さん［ルゲーティアス所属］　2xx1／05／09
ど◯メモ2（ボソッ

944：陽炎さん［グランドスルト所属］　2xx1／05／09
⁉

945：隻狼さん［グランドスルト所属］　2xx1／05／09
ど〇メモシリーズかwwwwwww

946：猫丸さん［グランドスルト所属］　2xx1／05／09
ピンと来た奴と来なかった奴で既プレイかがわかるんやな

947：くぅちゃんさん［ネクロアイギス所属］　2xx1／05／09
なんという踏み絵

948：Airさん［ルゲーティアス所属］　2xx1／05／09
正木吹っ切れすぎだろ
1年前まで恋愛SLGなんて興味ないって硬派気取ってたの誰だよ

949：Skyダークさん［グランドスルト所属］　2xx1／05／09
シミュレーションやってんのが意外

950：嶋乃さん［ネクロアイギス所属］　2xx1／05／09
いや、正木と言えばSLGだ
今のプラネの前身「プラネットダイアリー」が惑星開拓シミュレーションだったし

951：隻狼さん［グランドスルト所属］　2xx1／05／09
アレもまんま古来のシム系だったな

952：くぅちゃんさん［ネクロアイギス所属］　2xx1／05／09
シ◯ィーズ：スカ◯ほどの難易度を求めてない層にはマジで神ゲーだった件

953：隻狼さん［グランドスルト所属］　2xx1／05／09
個人的にはトロピなんたらも近かった気が
惑星開拓ゲー作っておきながらシヴィラ◯はあんま好きじゃないって言うのが正木の謎なところ

954：嶋乃さん［ネクロアイギス所属］　2xx1／05／09
正木は根本的にSLGで急かされるのを嫌ってる気がする

適度に放置系が好みなイメージ

955：隻狼さん［グランドスルト所属］　2xx1／05／09
だから忙しくない昔懐かしの初代ゲームデザイン方向になるのか
正木は単純なのが好みなんかね

956：くぅちゃんさん［ネクロアイギス所属］　2xx1／05／09
「プラネットダイアリー」でプレイヤーが当時開拓して遊んでた場所が今の3国がある大陸なプラネ世界

957：陽炎さん［グランドスルト所属］　2xx1／05／09
⁉

958：花さん［グランドスルト所属］　2xx1／05／09
そうなん⁉

959：隻狼さん［グランドスルト所属］　2xx1／05／09
それに3国はクラウドファンディングに出資したプレイヤーが作った優秀な国マップが

元になってる

960：嶋乃さん［ネクロアイギス所属］ 2xx1／05／09
当時は「プラネットダイアリー」の続きが遊べるって信じて、みんな出資したんだろうになぁ

961：くぅちゃんさん［ネクロアイギス所属］ 2xx1／05／09
その金でMMO発表するとか畜生《ちくしょう》すぎない正木？
まだ許されてないからな？

962：隻狼さん［グランドスルト所属］ 2xx1／05／09
プラネの生産ミニゲームなんて、完全に立○伝シリーズの内政・技能上げパートのミニゲームを参考にしている
SLG方面のパクリを前面に出してんのに、何故か炎上したのは.Na○k関係のワードダンジョンだの、未帰還者サブクエだの、黄昏のダンジョンだの……アンチ共のせいで消されて遊べなくなったダンジョン返してほしい

963：ブラディスさん［グランドスルト所属］ 2xx1／05／09

ＳＬＧ好きは常に新作に飢《う》えてるんで気にせんよ

９６４：まかろにさん［グランドスルト所属］　２ｘｘ１／05／09
あのテトリスみたいな数字並べるやつ好き

９６５：花さん［グランドスルト所属］　２ｘｘ１／05／09
錬金だけ完全に初期ア○リエなのなんなんｗｗｗ

９６６：クロにゃんさん［ネクロアイギス所属］　２ｘｘ１／05／09
錬金楽し過ぎる
本家についていけない自分にはまったり遊べて良いよ
外に出ないでずっと部屋の中で鍋回していたい勢です

９６７：まかろにさん［グランドスルト所属］　２ｘｘ１／05／09
新職業の絵師もミニゲーム楽しみにしてる

９６８：ジンさん［ルゲーティアス所属］　２ｘｘ１／05／09
泣いてる彫金だっているんですよ！

969：マウストゥ☆さん［グランドスルト所属］　2xx1／05／09
悪いが弾幕音ゲーはNG

970：隻狼さん［グランドスルト所属］　2xx1／05／09
彫金は修正してくれないのかね

971：ミントさん［ルゲーティアス所属］　2xx1／05／09
お前ら5月末の戦争イベントへの準備はしてんのか？
つか生産職の奴らってやるの？

972：マウストゥ☆さん［グランドスルト所属］　2xx1／05／09
イベント参加条件がメイン称号【影の立役者】【大魔導の立役者】【巨万の立役者】以上
比較的初期の称号名だが、戦争って響きに全然心惹かれない

973：嶋乃さん［ネクロアイギス所属］　2xx1／05／09
新規も参加出来るようにかな
これどのあたりの話だっけ

974：隻狼さん［グランドスルト所属］2xx1／05／09
【影の立役者】がロー○の休日
【大魔導の立役者】が魔法少女爆誕
【巨万の立役者】がマフィア抗争勃発

975：嶋乃さん［ネクロアイギス所属］2xx1／05／09
ああ……

976：チョコさん［ネクロアイギス所属］2xx1／05／09
……（´・ω・｀）

977：ケイさん［ネクロアイギス所属］2xx1／05／09
……

978：ユキ姫さん［ネクロアイギス所属］2xx1／05／09
ルゲーティアスの魔法少女がイロモノ過ぎない？？？

979：ミントさん［ルゲーティアス所属］ 2xx1／05／09
文句は全てパライソにぶつけろ！

980：影原さん［ルゲーティアス所属］ 2xx1／05／09
【大魔導の立役者】は本物の魔法が使えないのに、魔法少女ブラヴァレナちゃんに師匠と呼ばれる苦行開始地点
ドM仕様はパライソ関連だけにしてくれ

981：ジンさん［ルゲーティアス所属］ 2xx1／05／09
アレ勘違い系の貴族成り上がりがホント嫌すぐる
爵位もらうの罪悪感半端ない　パライソには頻繁に煽られるしよぉ！

982：隻狼さん［グランドスルト所属］ 2xx1／05／09
グランドスルトはマフィア抗争うんぬんより、ぶっちゃけドンパチ中に聞かされる民族浄化の闇歴史話が衝撃的なんだよなぁ
鉱山の利権とかどうでもよくなるのがプレイヤーの常

983：カフェインさん［ルゲーティアス所属］ 2xx1／05／09

パチノ博士の謎の種族のコミュニティを殲滅して土地ゲットした話か
グランドスルトはファンタジー感なさ過ぎでは

984：猫丸さん［グランドスルト所属］　2xx1／05／09
だからってルゲーティアスの偽装ファンタジーはいらんぞ!!
シーラカン博士はピカレスクの犠牲になったんや……

985：ジンさん［ルゲーティアス所属］　2xx1／05／09
プレイヤー自身がそもそもSF世界の住人設定だからね
ファンタジーに馴染めないの仕方ないね

986：隻狼さん［グランドスルト所属］　2xx1／05／09
どれもプレイヤーの失態になる状況だったりポカだったりで、プレイヤーが事件の元凶なのを総じて物語の【立役者】って皮肉が利いてる

987：Skyダークさん［グランドスルト所属］　2xx1／05／09
メインで最高に煽られてる瞬間だとは思うな

988：嶋乃さん［ネクロアイギス所属］　2xx1／05／09
新規が最初に脱落するポイントでもある

989：ミントさん［ルゲーティアス所属］　2xx1／05／09
そんなにか？　みんな心弱すぎじゃね

990：隻狼さん［グランドスルト所属］　2xx1／05／09
鬱やモヤモヤした暗い話が苦手な奴は結構多いからな
モブに人死に出るだけでアウトの奴も多いし

991：ミントさん［ルゲーティアス所属］　2xx1／05／09
それプラネ出来ねぇだろ

992：Skyダークさん［グランドスルト所属］　2xx1／05／09
プレイヤーが普通に持ち上げられる爽やか王道ストーリーがやりたいならCS8に移住しろ

993：ルートさん［グランドスルト所属］　2xx1／05／10

イェーイ！　10日！

994：ミントさん［ルゲーティアス所属］　2xx1／05／10
ゲームストア更新来たぞ

995：隻狼さん［グランドスルト所属］　2xx1／05／10
正式版発売おめでとう!!

996：マウストゥ☆さん［グランドスルト所属］　2xx1／05／10
正木おめでとう正木いいいいいい！！！！

997：くぅちゃんさん［ネクロアイギス所属］　2xx1／05／10
お祝いにサブ垢作ってくるわ

998：嶋乃さん［ネクロアイギス所属］　2xx1／05／10
なんでだよwwww

999：チョコさん［ネクロアイギス所属］　2xx1／05／10

おめでとうです（￣・ω・￣）

1000：花さん［グランドスルト所属］　2xx1／05／10

おめー！

0000：正木洋介代理運営AI

このスレッドは1000になったため、次の新しいスレッドを生成しました。

利用者はそちらに移動してください。

第11話　メインクエスト『影の興国』第1幕1場――教会

ツカサはトレードを無事に終えた後、教会の本堂「！」マークの場所へと向かう。

山の中にある社や地蔵に馴染みはあるが、教会の建物なるものに足を踏み入れるのは初めてのことだ。高い天井に、ステンドグラス。横に長い椅子の列。床に長く道のように敷かれたカーペットは青く、黒と白色で波のような文様が刺繍されている。

地図の「！」マークの場所には誰もいなかった。だが、ちょうどその場所はこの教会が信奉する神様とおぼしき石の影像が置かれていて、対面する形になる位置だった。

（惑星探査機？）

影像は惑星探査機と思われる機械だった。

（この世界のご神体、なのかな？）

確か神社には神体と呼ばれる、木の一部や鏡といった〝物〟がまつられていた。あのような物への信仰を、機械に対してしている世界なのだろうか。

神様なら、と手を合わせて【祈り】を使って拝んでみる。肩のオオルリが胸を反らしてバサッと羽を広げ「ピィーリーリー……ジッジ」と鳴いた。

《【祈り】がLV7に上がりました》

（あ！　戦闘中じゃなくても上がるんだ）


《【神鳥獣使い】【祈り】【機械】を揃えた状態で、【深海闇ロストダークネス教会の神体】に想いを捧げました。

——スキルレベルと極めし称号【解読キー】が足りません。【深遠遺物の解析スキル】をダウン

ロード出来ませんでした》

「え……」

唐突にもたらされたアナウンスに、思わず驚きの声をこぼした。

(何かのスキル取得イベント……？　神鳥獣使いが条件にあるってことは神鳥獣使いの――でもレベルと称号が足りないって……)

『極めし称号』とされる辺り、簡単に取れる称号ではなさそうだ。不意に、雨月がチャットで【祈り】について語っていた言葉を思い出した。

『雨月　：無価値にして至高のスキル
　　　　　至高になるかはツカサさん次第』

(雨月さん、これのことを言っていたのかな)

たぶん『スキルレベル』は【祈り】のレベル不足を指摘されている。そして【機械】は装備中のアクセサリー『シーラカン製・深海懐中時計』のことだと推測した。アーリーアクセス特典が条件にあることが引っかかったが、攻略サイトの装備品一覧を見れば、懐中時計自体は初期からある既存アイテムだという。

懐中時計の説明は『深遠を想って作られた懐中時計』で装備効果はなし。ツカサがもらった特典とほぼ同じだ。オシャレアイテムの一つとされていて人気はほどほど。比較的安価でマーケットボードで取引されている品である。ゲームキャラクターの雑貨屋でも購入が出来て、デザインが豊富なためコレクターもいるという。

条件を確認して、改めて【祈り】をしてみる。再び同じアナウンスが流れて一度きりでなかったことに安心した。

（条件の称号はわからないけど、また称号が増えたらここに来てみよう）

ボスンッと背後から誰かに抱きつかれた。身体をひねって視線を背後に向けると、痩せ気味の質素なワンピースの女の子が、ツカサにしがみついている。

メインストーリーのゲームキャラクター、ルビーだ。

「えっと、ルビーさん……？」

顔をツカサの身体にうずめたまま、ルビーは首を横に振る。

「ルビーちゃん？」

また、ルビーは首を横に振った。

「ルビー」

ルビーが顔を上げた。不安そうな表情でツカサを仰ぎ見る。といっても、ツカサは小さな背丈の種人擬態人なので距離は近かった。

「お兄ちゃん、わたしを置いておうちに帰っちゃったのかとおもった……」

「大丈夫。１人で先に帰ったりしないよ」

スンッとルビーは鼻を鳴らす。泣きそうなルビーをなだめて、教会の椅子に座った。

（実際のところ、プレイヤーの家ってどこなんだろう。あの最初の洞窟かな？）

「ルビーの家を探さないといけないよね。ネクロアイギス王国じゃないのは確かなんだよね？」

「うん」

（この流れで他国に行けるようになるのかな）

「おや、他国へ向かわれるのですか？」

年老いた声がした。近くの壁際に、黒い詰め襟《えり》のローブの老人が柔らかな微笑みをたたえて立っている。この教会に来るようにツカサ達に声をかけた人物だ。いつの間にそこに、と軽くびっくりした。

「海ならまだしも、街道には関所がありますよ。身分を証明するものもなく、ネクロアイギス王国から他国へ渡ろうとすると違法難民として捕らえられるでしょう。危険です」

（身分を証明……えっと、職業のこと？）

「僕は神鳥獣使いです。そこのギルドに所属しています。それでは身分の証明にならないのでしょうか」

「平民が平民の身分を保証して、一体何の証明になるとおっしゃいますか」

矢継ぎ早に否定され、ツカサは返答に困った。

「そう、ですか。えっとじゃあ海を船で渡れば……」

「どこぞに船をお借りする伝手があるのですか？　船は漁師にとって最も高い財産の一つ。いくら

金銭を積まれても、明日の漁業に差し障るとなれば首を縦には振らぬと思いますよ。あぶく銭で船に何かあっては、漁師が子へと相続させられる唯一の財産がなくなってしまいます。危険な申し出に手を貸せるほど、漁師達に余裕はないでしょう」

「神父さん……他に手立てはないんでしょうか？」

そこで神父は初めて相好を崩した。ツカサへ緩く頭を下げながら優しい口調で言う。

「まだ名乗っていませんでしたね。私は深海闇ロストダークネス教会のネクロアイギス王都司祭キアンコーです」

神父は、本当は司祭だった。

「神父という敬称の方が好きですので、普段は神父と自らの地位を告げています。さん付けは結構」

「キアンコー神父。こちらこそ、お世話になっているのにすみません。僕はツカサと言います。この子はルビーです」

「種人のご兄妹ですね」

（え⁉　ルビーは種人なんだ⁉）

ひょっとして見た目ほど子供じゃないのだろうかと、内心慌てた。

しかし、幼い言動と称号【ルビーの義兄】を思い出し、見たままの10歳未満の年齢だろうと思い直す。

「あなた方が嵐の中、無事に海から流れ着けたのは、きっと唯一神ダークディープシーの導きでしょう。幸運なことに、私にはネクロアイギス王国で身分を得られる伝手がございます。……しかし、慈善の心だけで確かな身分は得られぬもの。ネクロアイギス王国にいる間、少々お手伝いをしていただきたいのです」

「おてつだい……おしごと？」

ルビーが恐る恐るキアンコーに尋ねると、彼はにっこりと笑みを浮かべた。

「ええ。手間賃も出しましょう。ここでの生活にも、旅に出るのにも路銀は必要でしょうし、ルビーさんでも出来るお仕事ですよ。いかがですか？」

キアンコーはツカサに答えを促した。

ルビーもツカサの顔を見上げるだけで、答えを委ねる姿勢だ。

（これは……答え次第で、またストーリーが変わる……？）

最初のキアンコーの誘いを断って教会に行かなかった和泉は、どんな物語になっているのだろうと頭の片隅で気にしながら答えを出した。

「……キアンコー神父、よろしくお願いします」

キアンコーは笑顔で頷いた。

「ええ、お任せください」

《五国メインクエスト、ネクロアイギス王国編『影の興国』――第1幕、1場『司祭の裏世界への誘い』が受注されました》
《推奨レベル2　達成目標：司祭と共に貴族街へと向かい、要人と会う0／1》

（え!? 裏世界って物騒！）

「早速馬車を呼びます。少しお待ちくださいね」

その後、教会の外に馬車がやってきた。

乗る場所が部屋のような立派な馬車だったが、窓は無く、中はランプのほのかな光で視界が保たれている。椅子に座ると、その薄暗さにゲーム開始時の闇の中を思い出して心細くなった。対面のキアンコーの顔もよく見えない。

不安になったのはルビーも同じだったらしく、ツカサの指先をきゅっと握る。その小さな手は微かに震えていた。「大丈夫だよ」と安心させるように言って、ルビーの手を握り返す。するとルビーの震えがおさまり、ツカサに身を寄せた。

（頼られている……妹がいるってこんな感じなのかな。僕がしっかりしないと）

馬車は城門を越え、貴族街へと入っていった。

第12話　メインクエスト『影の興国』第1幕1場――貴族街

馬車が止まった。

窓もない暗い馬車内。外の情報は何ひとつ入ってこない状況ではあったが、ツカサには視界の左上に小さく表示される地図によって場所がわかった。

（あれ、ここって――）

キアンコーに促され、馬車から降りる。ルビーと共に地面に降りた時、使った階段の足場が種人の体格に適した仕様だったことに気付いた。キアンコーは平人の男性だ。馬車の御者も、動物の耳と尻尾があるので森人《もりびと》の男性である。どちらの体格にも合わない馬車だった。

ツカサの正面には貴族の邸宅。その敷地内には広い薔薇の庭園があり、沢山の不可思議な形の像がある。つい先日、ソフィアに連れてきてもらった場所――薔薇の好事家の敷地だった。

キアンコーがノッカーを叩く。覗き窓から内側の人物がキアンコーを確認して、扉が開かれた。

扉を開けたのは、見覚えのある執事だ。先に扉に入ったキアンコーが、戸惑うツカサとルビーに手招きする。

「さあ、どうぞ。お入りなさい。遠慮はいりません」

ツカサは、おっかなびっくり足を踏み入れた。大理石の床は綺麗でホコリ一つないように思える。

すると、エントランス中央の階段から、貴族らしき平人の男性がゆっくりと降りてきた。

「これはこれはキアンコー神父。……おや、そちらの御方は」

（薔薇の好事家の人だ）

平人の男性——マシェルロフ侯爵は、ツカサを見て目を丸くした後、次いで傍にいるルビーの姿を見とがめて目を細めた。

「まさかこれほど早く——……キアンコー神父の忠節には畏敬《いけい》の念を覚えますな」

「たまたまですよ。幸運が重なったのです」

「〝幸運〟……か。確かに、きな臭い動きには間に合ったのかもしれませんが」

マシェルロフは顎に手をあて少し思案すると、直ぐにツカサとルビーにニッコリと笑みを向けて頷いた。

「では引き受けよう。——スウィフ」

「かしこまりました」

スウィフと呼ばれた執事が「こちらへどうぞ」とツカサ達を屋敷の奥へと促した。キアンコーが、そっとツカサの背中を押す。

「お2人はしばらくこちらで行儀見習いをしてください」

「ギョウギ見習い？」

「おしごと……？」

「いえ、仕事をしてもらう前に、仕事での作法を学んでいただきたいのです」

ツカサは詳しい話を一切しないキアンコーに不安になって問いかける。

「待ってください。仕事ってなんですか？」

キアンコーはツカサを気遣う態度を取りながらも、ツカサの背後に身体を半分隠すルビーを見つめて答えた。

「特にルビーさんには、とある御方の侍従をしていただきたいのです。そのために最低限の作法をここで学んでほしいと思っています」

（えっ、なんだか長くなりそうなんだけど……。でもそれじゃ、ルビーの家を探す話はどうなるんだろう？）

「それはいつまでのものなんでしょうか？　ルビーは家に帰りたいんです。長い期間はちょっと……」

「心配なさらずとも1日だけ。1週間後にある建国祭の日だけですよ。身分証の方も、それまでに手配しておきますから」

「だい、じょうぶっ」

ルビーからは気負った返答があった。

ツカサはルビーを心配しつつもそれ以上は口をはさめず、キアンコーとは玄関で別れてスウィフの後に大人しくついていく。1階の客室に案内された。1週間、この客室でルビーは過ごすという。

《五国メインクエスト、ネクロアイギス王国編『影の興国』——第1幕、1場『司祭の裏世界への

誘い』を達成しました》
《達成報酬：経験値1000、『黒革のブーツ』を獲得しました》
《神鳥獣使いがLV5に上がりました》
（クエストは進んでる……。レベルも上がった）
「ツカサ殿は最低限の立ち居振る舞いだけわかっていただければ、後は自由にしてくださって構いません」
「自由に？」
《メイン派生クエスト『1週間の自由』が発生しました》
《推奨レベル3　貴方の選択により、クエスト内容が変わります！
・「夜は1人で教会に戻ろう」を選択
達成目標：変動クエスト『ルビーへのプレゼント』を開始する。
・「ルビーとはここで別れよう」を選択
達成目標：変動クエスト『孤独の渦中に』を開始する》
（客室に泊まれるのはルビーだけ。やっぱりルビーとは引き離されるんだ。どうしてなのかはわからないけど、僕じゃなくて重要なのはルビーだってことだ。どっちの選択にしよう）

客室の棚にとまったオオルリが、ふかっとした羽根を羽づくろいしていて、選択を迫られている状況でもその姿に和めて、慌てることもなく冷静になれた。

悩みながら、神鳥獣使いのレベルがちょうど上がったので、まず増えたスキル回路ポイント3を使ってスキルを取る。次こそ【関の声】のスキル取得を考えていたが、出現した【特殊生産基板〈白銀〉】に何もスキルがないのは寂しい気がして【造花装飾】を取った。

（まだ何の生産職にもなっていないのに、生産スキルを取っちゃった）

変なスキル構成なのが、ちょっぴり楽しい。ソフィアが注意してくれたテンプレスキル構成からも外れたかもしれない。戦闘職スキル特化の人と、戦闘と生産の両スキル持ちの人では、たぶん前者の方が人数も多いのではないだろうか。戦闘も生産も、特化した方がいいのだったら極端に偏らせていくと思う。今のところ、ツカサは特化していない両スキル持ちだ。

《メイン派生クエスト『1週間の自由』の選択肢が増えました。

・「ルビーと共に屋敷で過ごそう」を選択

達成目標：変動クエスト『学びの書斎』を開始する》

（新しい選択肢が！　生産職スキルを取って出たってことは、生産職を中心にしたい人用の選択肢かな。じゃあ、採集職業用の選択肢もスキルがあれば出たのかも）

ツカサ自身が、ルビーを屋敷に1人で残す選択の流れに抵抗もあって生産職向けの選択肢「ルビーと共に屋敷で過ごそう」を選ぶことにした。
《メイン派生クエスト『学びの書斎』が受注されました》
《推奨レベル3　達成目標：書斎の本を5冊以上読破する。読破済み0／5》
（あっ……ここでも勉強……）
しょっぱい気持ちになってしまったツカサの傍で、ルビーがぴょんぴょんとジャンプして「お兄ちゃんといっしょ！」と満面の笑みで喜んでくれた。

□―――――――――――――□
名前：ツカサ
種族：種人擬態人〈男性〉
所属：ネクロアイギス王国
称号：【影の迷い子】【五万の奇跡を救世せし者】
フレンド閲覧可称号：【カフカの貴人】【ルビーの義兄】【深海闇ロストダークネス教会のエセ信徒】
非公開称号：【神鳥獣使いの疑似見習い】【死線を乗り越えし者】【幻樹ダンジョン踏破者】【ダンジョン探検家】（New）

職業：神鳥獣使い　ＬＶ５（↑１）
階級：９級（Ｎｅｗ）
ＨＰ：80（↑10）（＋20）
ＭＰ：３００（↑50）（＋１３０）
ＶＩＴ：８（↑１）（＋２）
ＳＴＲ：６
ＤＥＸ：８（↑１）
ＩＮＴ：11（↑２）
ＭＮＤ：30（↑５）（＋３）

スキル回路ポイント〈１〉

◆戦闘基板
・【基本戦闘基板】
「【水泡魔法ＬＶ５】（↑２）【沈黙耐性ＬＶ４】（↑２）【祈りＬＶ７】（↑６）
・【特殊戦闘基板〈白〉】
「【治癒魔法ＬＶ４】（↑２）【癒やしの歌声ＬＶ２】【喚起の歌声ＬＶ３】（↑２）

◇採集基板
◇生産基板
・【特殊生産基板〈白銀〉】（Ｎｅｗ）
「【造花装飾ＬＶ１】（Ｎｅｗ）
所持金　６４０万８５０Ｇ
装備品　見習いローブ（ＭＮＤ＋１）、質素な革のベルト（ＶＩＴ＋２）、黒革のブーツ（ＭＮＤ＋２）、古ファレノプシス杖（ＭＰ＋１００）、シーラカン製・深海懐中時計
□―――――――――――――□

第13話　メインクエスト『影の興国』第1幕2場――侯爵邸宅1週間①

この日は時間が遅かったので、行儀作法を学ぶのは明日からになる。用意された客室に泊まることになった。

西洋風の広い部屋がオシャレで物珍しく、ツカサは客室内を見て回る。ルビーは心細いせいか、

そんなツカサの後ろをついて回っていた。客観的な自分とルビーの姿は、動画で見たことのあるカルガモ親子の行進を彷彿とさせる。ツカサは親カルガモだ。

ルビーはソファにたくさんあったクッションの一つを抱えて、ベッドの上に置いた。

「鳥さんのおやすみするところ」

どうやらオオルリの寝床を配慮してくれたらしい。オオルリがクッションの上に飛び乗って丸くなる。

「優しいね。ありがとう」

ツカサに褒められたルビーは、小さな両手で頬を押さえてはにかむ。

「ほめられたの……はじめて……」

「初めて？」

ツカサの疑問に答える前に、ルビーは糸が切れたようにいきなりコテンと寝た。疲れたのだろう。

ツカサと違って引っ込み思案でもないし、物怖じしない社交的な子だと思う。

（人に褒められたのが初めてって言っていたけど、両親が厳しい人なのかな……？）

ツカサもベッドに横になる。ほどなくして朝に切り替わった。窓の外から陽の光があふれ、鳥のさえずりまで聞こえる。起き上がって、ぽかんと窓を見つめた。

（ベッドはプレイヤーにとって、夜をスキップする装置なんだ）

ゲームの仕様というだけなのか、それともプレイヤー自身が睡眠を必要としない生き物の設定だからなのか、謎は深まる。

頭上からドッドン！　と重々しい太鼓の音がして空中に文字が浮かんだ。

――《1日目／朝　～建国祭まであと6日～》――

「えっ……。どうしてカウントダウン……」


広い食堂で朝食となる。

ルビーはボロボロだったワンピースではなくなっていた。きっちりとした詰め襟の上着にトラウザーズなズボン、髪は後ろをリボンでくくり、身綺麗になっている。何故かスカートではない。

（子供服が男の子用しかなかったのかな？）

朝食は、ツカサがスープ皿にスプーンを入れた瞬間に中身が消えた。これでプレイヤーの食事は終わったことになるらしい。VR内でのリアルな食事が規制されているのはわかっていたが、美味しそうな匂いがあっただけに、どうしてもがっかりしてしまう。調理師だけはやらないと、密かに決意する。

ルビーはスウィフトとは別の執事に食事マナーを教えられながら朝食を終えた。それから共に食堂を出て、ルビーの部屋へと2人で向かう。

「ご飯、美味しかった？」

「うん。でもキンチョウした」

照れ笑うルビーの顔色はいい。そのうち痩せこけた頬もふっくらとしてくると思う。

朝食後、また別の部屋に案内された。そこにはスウィフが待っていた。

スウィフの指導の下、貴族への挨拶なるものの練習をする。ルビーとツカサでは挨拶が違った。

正確には、ツカサの挨拶の方は、胸に手を添えて無言で頭を下げるだけの簡素なものだったというのが正しい。しかし下げる頭の角度がなかなか難しく、スウィフに「その角度ではありません」と注意を受ける。

やり直して、こうだろうと頑張ってした挨拶も注意されるとアナウンスが流れた。

《「王国式貴族挨拶エモート」を取得しました》

(取得⁉)

驚きながらも、《メニュー》の《エモート一覧》から《王国式貴族挨拶》をタップする。ツカサの身体が勝手に動いて貴族挨拶をした。

「素晴らしい。完璧です」

エモートのおかげだったので、ツカサはスウィフに褒められて残念な気持ちになった。

ルビーの方は、口上つきな上に単語一つ一つの発音を正されて、何度も繰り返し貴族挨拶の練習をさせられている。

手持ちぶさたにルビーの練習を眺めていると、別の執事に話しかけられた。

「ツカサ殿を書斎にお通ししてもよいと言われております。この後は、書斎でお過ごしください」

「わかりました。でも、あまりルビーに無理をさせないでください。休憩も適度に取らせてほしいです」

「心得ております」

「お兄ちゃん、だいじょうぶっ。わたし1人でもがんばれる……！」

「〝お兄ちゃん〟ではなく〝兄上〟。〝わたし〟ではなく〝私〟です」

スウィフにたしなめられて、ルビーは恥ずかしそうに照れ笑う。空元気かもしれないがルビーの表情は明るかったので、ツカサは丸テーブルの上で羽を休めていたオオルリを肩に乗せ、書斎へと案内してもらった。

書斎に足を踏み入れた途端、ドッドン！　と太鼓の音が鳴る。


――《1日目／昼　～建国祭まであと6日～》――


（時間が過ぎるのが早い）

案内してくれた執事は「昼食をこちらにお持ちします」と告げて退室した。書斎は学校の小さな図書室を彷彿とさせるもので、壁や室内に設置された本棚にズラリと本が並んでいる。ツカサの目の前に新たなブラウザが表示された。

■総記（0冊）
■哲学（0冊）
■宗教（0冊）
■歴史（0冊）
■地理／地誌／紀行（0冊）
■社会科学（0冊）
■自然科学（0冊）
■医学／薬学（0冊）
■技術／工学（0冊）
■家政学／生活科学（0冊）
■産業（0冊）
■芸術／美術（0冊）
■スポーツ／体育（0冊）
■諸芸／娯楽（0冊）
■言語（0冊）
■文学（0冊）
■区分無し（0冊）

（わ⁉　本当に図書室みたいだ！　ジャンル分けが同じっぽい！　この中から好きなのを5冊読んでクリアするのか）

ブラウザには検索欄まであった。プレイヤーがひと目で希望のジャンルを見つけられるように配慮されているのだろう。つまり、それだけ本の数が多いということだ。

書斎の本棚は、分野の表記もなくぎっしりと本が詰まっていて、ジャンルごとに並べられているかどうかも不明である。想像していたよりも、ずっと本格的なクエストだと思った。《メニュー》の《クエスト一覧》からクエスト内容を確認する。

《メイン派生クエスト『学びの書斎』……推奨レベル3
達成目標：書斎の本を5冊以上読破する。読破済み0／5》

（よし！）

気合いを入れて、まずは検索欄を使ってみることにした。

（この中で読みやすそうなジャンルは、スポーツと娯楽？　でも実際に本を読むわけじゃないだろうし、生産職業に関係していそうな〝技術／工学〟でいいのかな）

検索欄で『技術／工学』を選択して、空白部分に『彫金』を打ち込んでタップした。

すると《検索結果――『鉱山工学のススメ』、『金属工学入門』、『宝石の世界』、『鉱物図鑑体系』、『岩石図鑑体系』、『化石図鑑体系』、『鑑定士の道』》と表示される。

（多い⁉　一つのジャンルで彫金に絞っただけでも7冊も出てきた⁉）

そして本棚の本7冊が淡く光っていた。検索結果に出たもののようで便利である。

ツカサはその中から試しに『鉱物図鑑体系』を手に取ってみた。本を開いた途端、本の上に横長のバーが表示される。バーの中にト音記号があった。

どこからかポロンという微かな音がして、バーの左端から別のト音記号が流れる。反射的に、ツカサはト音記号とト音記号が重なった瞬間にバーに触れた。すると、《80％》と出て、文字が表示される。

《『鉱物図鑑体系』――読書率80％》

（えっ、いや待って。どういうこと……？）

本自体に目を向ける。本のページには鉱物をスケッチしたイラストと共に、発掘場所や鉱物の詳しい特徴などが記載されていて、まさに図鑑だった。驚いたことに全ページ内容が違い、現実の本と遜色ないものである。

ツカサがじっくり目を通そうとした瞬間、またポロンという音と共にト音記号が流れた。バーの中のト音記号は、先ほどと位置が違う。試しに触らずに放置してみた。

動いていたト音記号はバーの右端に届くと《0％》と出て、バーと共に消える。そして空中に文字が浮かんだ。

《『鉱物図鑑体系』——読書率80%》

(今のを押さないと読書したことにならないんだ)

普通に本が読みたかったのに、と残念に思う反面、それではプレイ時間がかかって仕方がないとも思う。それに、生産をするのが好きでも本を読むのが苦手な人もいるだろう。だから読んだかどうかの判定を、このバーでミニゲーム的にしていて、読まなくても大丈夫な状態にしているのだと思った。

「失礼します。昼食をお持ちいたしました」

執事が入室して来て、壁際に設置されたデスクの上に昼食を並べた。サンドイッチとサラダだ。匂いのするものは紅茶くらい。それも微かな匂いである。本があるため、あまり匂いが移りそうなものは出さないのだろう。

先に片付けた方がいいと思って、昼食をとることにした。フォークで野菜に触れると、昼食はきれいさっぱり消える。後には空の紅茶カップとお皿だけが残った。

(うーん、味気ない……)

「ピー」

オオルリが首を傾げながら小さく鳴く。どうしたんだろうとオオルリを見れば、オオルリの周りに小さな音符が舞っていた。

ツカサのステータスを確認すると、『生産技量上昇　120秒』というバフがかかっている。

(ああ、これが料理効果なんだ。読書にも関係しているのかな?)

執事が食器などを片付けてくれるのを待って、書斎から退出するのを見送ってから、再び『鉱物図鑑体系』を開いた。バーが出現してポロンと音が鳴り、ト音記号が右端から左へと動き出した。

さっきよりもスピードが遅い。これがバフの効果なのだろうか。

今度はト音記号に重ねず、少しずらしたところでバーに触れてみる。《40%》と出た。

《『鉱物図鑑体系』――読書率100%》
《■技術/工学(1冊)書斎の本を1冊読破しました!》
《メイン派生クエスト『学びの書斎』》
《推奨レベル3　達成目標:書斎の本を5冊以上読破する。読破済み1/5》

(終わった。ちゃんと読んでもみたかったけど、次の本にいこう)

本を本棚に戻していると、ふと別の棚の隅っこにカラフルな背表紙で細い本があるのに気付いた。

それを手に取ってみる。絵本だった。

ページを開くとバーが出る。ポロンという音とともに、ト音記号が左端から出てきて動き、バーの中のト音記号に重なった瞬間にタップする。《100%》と出た。

『鉱物図鑑体系』と同じタイミングで触れたはずだが、どうやら本の種類によってもパーセンテージは変わるようだ。

《『絵本・いちじくとくまむし』――読書率100％》
《■区分無し（1冊）　書斎の本を1冊読破しました！》
《メイン派生クエスト『学びの書斎』》
《推奨レベル3　達成目標：書斎の本を5冊以上読破する。読破済み2／5》

読破状態にはなったが、絵本をパラパラとめくる。この絵本は、水彩塗りの、淡く透明感のある色彩で描かれた可愛らしい絵柄ながらも不気味さを隠しきれない〝くまむし〟という生き物と、透明なくだものの〝いちじく〟との交流を描いた話だった。

『そらのおくからやってきた　くまむしはふしぎ。
どんなところでも　いきていけるといいます。
いちじくは　くだもののきがないと　いきられません。かなしくなりました。
そこで　くまむしはわらいます。
「いちじくさん。ぼくたちが　ウミに　くだもののきをつくってあげるよ。もっとたくさんのばしょを　いっしょにいられるようにさ」
いちじくはそのことばがうれしくて　くまむしと　とてもなかよく　なりました』

〝くまむし〟は虫だろうか、と別ブラウザを開いてネットで検索したら〝クマムシ〟の画像が出てきて後悔した。ブヨブヨとした不気味な生物だったのである。深海・宇宙でも生息可能らしい。

海人《うみびと》の種族を連想した。いちじくが果物の名前なので、キャラクタークリエイトにあった種人の種族説明『祖先は果樹林を住処としていた』という情報も思い出す。

（ひょっとして、この絵本の〝いちじく〟が種人、〝くまむし〟が海人のことなのかな。この2つの種族は仲が良いんだ？）

ゲーム開始当時に登場した海人のクラッシュを思い出す。ネクロアイギス王国の港に送ってくれた親切なゲームキャラクターだったが、どこかツカサを値踏みする視線と、うさんくささがあった人物だった。

（クラッシュさんしか知らないけど、海人って怖いイメージだなぁ）

ぼんやりと絵本を読み返し続けていた時だった。シャン！　と鈴の音が鳴る。

《『絵本・いちじくとくまむし』――習得率100％達成》

《『絵本・いちじくとくまむし』の解析が完了しました。【基本生産基板】及び【色彩鑑定ＬＶ１】を取得しました》

「え⁉」

突然のことに固まっていると、頭上からドッドン！　と太鼓の音が鳴る。

──《1日目／夜　～建国祭まであと6日～》──


執事がツカサを迎えにきて、書斎で過ごす時間が終わった。

夕食では、ルビーが笑顔で今日教わったことを一生懸命に語ってくれる。「お兄ちゃ──」とたまに言いかけては、ゴホン！　と壁際に控えるスウィフから咳払いがあり、直ぐに言い直していた。

「あ……兄上は、どんなご本を読んだの？」

「絵本、かな」

1番印象に残っていたのは『絵本・いちじくとくまむし』だったので、そう答えた。

ルビーはきょとんとして「えほん？」と舌足らずな声を出す。まるで〝えほん〟という単語を生まれて初めて口にしたふうに聞こえる、不思議な響きだった。

夕食後、ルビーと共に部屋に戻ると、執事の1人が「よろしければ」とくだんの絵本を持ってきてくれていた。

「ありがとうございます」

お礼を言うツカサの隣で、ルビーは手渡された絵本の表紙をじっと無言で見つめていた。

その姿と、漢字の読み書きがまだ難しい同級生のカナの姿がかぶる。ひょっとしたら、ルビーはまだ文字が読めないのかもしれない。

「僕が読もうか？」

「！……うんっ」

ツカサの提案に、ルビーが目を輝かせて顔をほころばせる。

短い絵本なのだが、それからルビーは何度も「もう1回！」と言ってツカサに読んでもらうことをねだった。ルビーに何度目かの絵本を読み聞かせると、いつの間にかルビーは寝息を立てていた。

《ルビーの好感度が大きく上がりました！》

すっかりメインストーリーの世界にのめり込んでいたツカサは、情緒のないゲームアナウンスに我に返って苦笑した。

これまでの出来事が脳裏で反芻《はんすう》される。特に書斎での読書時間の短さ、その短さの間でスキルが取得出来たことが引っかかっていて、胸の中で妙な焦りのようなものがもやもやとしていた。

（本はたぶん期間中には全部読める量じゃない。なのに、生産のスキルをポイントも使わずに取得出来た絵本があった。スキルが取得出来る本も限られていそうだし、それをちゃんと見つけられるかな……？　この後1冊も見つけられないと、それはそれで後悔しそうだし……）

あまり効率などは考えない方がいいと思うのだが、どうしても気になってしまう。悩みに悩んで、このクエストに関してはネタバレを解禁することにした。

ツカサが最も信頼していてお世話になっている個人ブログ『ネクロアイギス古書店主の地下書棚』だけを参考にさせてもらう。『メイン派生クエスト『学びの書斎』解説記事』のページを開いた瞬間、赤色の大文字で記された一文が目に飛び込んでくる。

『※※検索欄は罠です!! 時間を余分に消費するので絶対使わないように!!※※』

速攻の断言に、ツカサはゴホッと変な咳が出た。

第14話 メインクエスト『影の興国』第1幕2場——侯爵邸宅1週間②

【メイン派生クエスト『学びの書斎』解説記事】

※※検索欄は罠です!! 時間を余分に消費するので絶対使わないように!!※※

メイン派生の生産系読書クエストは、戦闘と生産を両立したい人には最重要クエストです。スキル回路ポイントを使わず、生産スキルをゲットするチャンス！　クエストを失敗させても、裏ゲージの『習得』に時間をかけましょう。『習得』は読破してから％が増え始めます。

クエストは失敗したところでメインストーリーに影響がありません。経験値がもらえないだけです。検索欄を使わずに直接本を探し回るのは大変ですが、ゲーム内の制限時間は探索で消費されません。ちなみに本の位置は完全にランダムで、プレイヤーによって違います。規則性無し。

バーは出来るだけ成功させるように。苦手な人でも最低『30％』は欲しいです。それだけあれば、クエストクリア＆スキル２つは確定でゲット出来ます！

必ず１冊ごとに読破→『習得』を。まとめてやろうとして『習得』時間が取れなかったなんて失敗をする人も意外と多いです。料理の生産技量上昇バフは、この『習得』にも影響を与えています。しっかりと食事は取りましょう』

ツカサはブログ記事を読みながら頭の片隅で、なんだかゲーム内で読み物を読んでばかりだなぁと思い、ふっと笑みをこぼす。そして彫金師についての部分を続けて読んだ。

『～彫金師に関連するスキル本～
『鉱物大図鑑』……＊【鉱物目利き（生産）】
『岩石大図鑑』……＊【岩石目利き（生産）】
『太古の呼び声』……＊【化石目利き（生産）】

『絵本・いちじくとくまむし』……＊【色彩鑑定】
『火山と地質』……＊【外形鑑定】
『加工入門』……＊【硬度鑑定】
『宝飾の歴史』……＊【金属装飾】
『時計の仕組み』……【精密装飾】
『川辺採集の学び』……【石採集（生産）】
＊他職（鍛冶・甲冑・裁縫・陶芸・民芸・錬金）と共有するスキル。
全部は取れません。ここで逃しても、ギルド販売のスキルブックで覚えられます。その場合、スキル回路ポイントを消費して覚えなければなりませんが』

（わっ、いっぱいある）
検索欄で『彫金』を検索した時には出てこなかったタイトルばかりだった。読破した『鉱物図鑑体系』が入っていないのは残念だが、『鉱物大図鑑』とはどう違うのか内容が気になるし、色々な本を開けることにもワクワクする。胸を高鳴らせながら、日にちを進めた。

――《2日目／朝　～建国祭まであと5日～》――

2日目は朝から書斎で過ごすことになった。ここにきて、朝食と夕食の料理にはバフ効果がないことに気付く。どうやら昼食のみのようだ。

オオルリのふかふかとしたお腹を撫でさせてもらいながら書斎を歩き回り、本のタイトルをチェックしていく。『鉱物大図鑑』と『岩石大図鑑』を早速見つけられた。大図鑑はシリーズらしく、他にも『草花大図鑑』、『果物大図鑑』、『魔物大図鑑』、『古城大図鑑』など並んでいて、とても心惹かれた。

しかし手に取っている時間はない。後々どこかで購入出来るならしようと思った。そこで、ひょっとしたら同じ図鑑が『ネクロアイギス古書店主の地下書棚』ブログの古書店で売っているかもしれないと考え、そのうちまた勇気を出して店に入ってみようと心に決める。

『鉱物大図鑑』を開けば、バーの表示と共にポロンと音がして、直ぐにト音記号とト音記号が重なる瞬間だった。ツカサの手は、それを目にしたと同時に動いていてタップ出来た。《80％》と表示され、ふうっと嘆息する。

（危ない……。本を開いた瞬間に始まったりもするんだ。びっくりした）

次も《80％》を出し《■自然科学（1冊）書斎の本を1冊読破しました！》とアナウンスされる。これで3冊目だ。習得中は、じっくり本に目が通せる時間でもある。読み始めると、『鉱物図鑑体系』との違いがわかった。

（『鉱物大図鑑』の方が一般的なものみたいだ。鉱物の説明で専門的な記号みたいなのが使われてなくて、普通に読みやすい。それに種類も多いし）

学術的に鉱物判定のされていない、疑惑のものも記載されていた。むしろそちらのページが読み応えがあって面白い。どうみても機械のＩＣチップだったり、ロボットの燃料タンクを〝海人由来の鉱物〟と紹介していた。

思い立って、昨日の本棚へといき、『鉱物図鑑体系』を持ってくる。『鉱物大図鑑』の隣に並べて見比べながら読んだ。

（ああ、『鉱物図鑑体系』の翻訳されない謎文字は、この世界の元素記号……こっちは鉱物の化学組成……え!?　そんなものをオリジナルで作ってるの!?　確かに文字だってオリジナルだけど）

本の文章は日本語で書かれてはいない。象形文字風の謎の言語だ。ただ、本の文字の下に日本語の字幕が浮かんでいるから読める。

ドッドン！　と太鼓の音が鳴り響いた。

――《2日目／昼　～建国祭まであと5日～》――

（お昼までに習得出来なかった）

用意してくれている昼食を食べて再度挑む。しかしその後も、全く習得出来ずに太鼓の音を聞くはめになった。

――《2日目／夜　～建国祭まであと5日～》――

（今日は駄目だったや……）

ツカサがタイムリミットに肩を落とした瞬間、シャン！　と鈴の音が鳴る。

「やった！　覚え――」

《『鉱物大図鑑』『鉱物図鑑体系』――習得率100％達成》

《『鉱物大図鑑』『鉱物図鑑体系』の解析が完了しました。【古代鉱物解析LV1】を取得しました》

「!?」

喜んだところで、硬直した。

（こ……【鉱物目利き】は……？）

夕食を済ませてから調べると、【古代鉱物解析】は【鉱物目利き】の上位版スキルだった。【鉱物目利き】のレベルを上げれば【古代鉱物解析】になるそうだ。

（これってもう1つの【岩石目利き】スキルも、同じように図鑑を読めば上位版が取れるってことだよね。――でもそれを読めば、スキルはあと1つか2つぐらいしか取れないかも……。上位スキルだったから習得に時間がかかったのかもしれないし）

むしろ、ブログに書かれた下位版スキルならたくさん取れるだろう。そして使っていけばそのうち上位スキルになるのだから、その方が効率の良いスキル取得の仕方である。

しかしツカサは、スキルをたくさん取得した後のことが気になった。

（生産のスキル上げに割ける時間が、ログイン時間が限られてる僕にあるのかな……。彫金はやりたいけど、作るのに上位スキルが必要で、そのスキル上げ自体に時間がすごくかかるなら、難しいかもしれない。和泉さん達とも遊びたいし……）

そこで、ツカサは決めた。

（もう1つの上位スキルを取ろう……!!）

「兄上？」

傍でルビーがツカサを心配げに見上げていた。

「どうかしたの……？」

「ううん、なんでもないよ。ただ、今後のことを考えていて」

「今後……」

ルビーは暗い顔になる。それからツカサの顔を窺いながら、ぎこちなく口を開いた。

「おにい……兄上の家には、待っている人が――いるんだよね……」

「待っている人？」

（えっと、でもプレイヤーは1人、だよね。洞窟から始まったし、実家どころか家族もいない設定だと思うけど）

「その、いない――？……かな」

ツカサの答えに、ルビーはホッとしたようだった。少しはにかんでから俯いてポツリと呟く。

「私も……家を見つけてもそこに誰か……いるのか、わからない……」

「ルビー」

「嵐の海のね、波の間にお母さん達が――」

それきりルビーは口をつぐんだ。

――家なんて本当はもうどこにもない。誰もその場所には帰ってこない。

そんな彼女の悲痛な本音が聞こえた。

（ルビーは空元気じゃなくて、一時的にでも居場所が出来たことに安心して喜んでいたんだ）

ルビーが嫌々仕事を引き受けてはいなかったことに安心した。今の状況は、一方的に大人達に連れてこられて、ルビーの気持ちを無視して決められてしまったようにしか思えなかったからだ。

「ルビー。家を探すのが怖いなら、この仕事が終わってもしばらくこの国にいる？」

「兄上も一緒……？」

「うん」

「よかった！」

ルビーがようやく顔を上げて笑った。

2人で廊下を歩いていると、何やら玄関口が騒がしい。ルビーも気になったようで、こっそりとエントランスへ近付いた。

マシェルロフと、この屋敷の執事と侍女が総出で客の一団を出迎えているようだった。

「……私が滞在したアリバイが必要ではないか。後々、似た子供を屋敷で見たと証言する者が出てくれば、マシェルロフ侯爵に無用な嫌疑がかかろう」

「しかし警護の問題が――」

一団の中心には、ルビーにそっくりな少年がいた。

少年は、廊下から身体を隠して覗くツカサ達に気付く。手振りひとつで人垣を割り、悠然《ゆうぜん》とした態度でこちらへと歩いてきた。とても堂々として様になっている。

「やあ、小さな同胞《どうほう》よ。私はスピネル・ローゼンコフィン・ネクロアイギス。ローゼンコフィン14世とも呼ばれている者だ。此度《こたび》は建国祭の席で世話になる」

微笑んだネクロアイギスの現国王に、ツカサとルビーは圧倒されて、言葉もなく立ち尽くした。

第15話　メインクエスト『影の興国』第1幕2場――侯爵邸宅1週間③

――《3日目／朝　～建国祭まであと4日～》――

「どうやら詳しい話を聞かされていなかったようだな。ルビーには建国祭の際、私の代わりに王城の玉座に座っていてもらいたい。その仕事は危険なものになるかもしれなければ、何事もなく終わるかもしれぬものだ。だが――」

優雅に手元のティーカップの紅茶を揺らし、スピネルは目を伏せた。

「危険な場だと、私の周りは判断した。だからこそ気を回して、見目が似た代理役を探してきたのだ。この仕事の危険性を鑑《かんが》みて、相応の身分証を発行しよう。2人は海の島から流れてきた無辜《むこ》の民であるが、同胞の種人でもある。貴族街に家を持てる貴族爵位を与えてもよいと考えている」

「待ってください。危険って一体？」

ルビーは、向かいに座るスピネルを真剣に凝視してその仕草を学んでいる様子だ。なので彼女に代わってツカサが質問する。

スピネルは微かに顔をしかめて話す。

「――南のルゲーティアス公国から祝いの使者がくる。去年まで祝辞の一つもよこさなかった公国が、どうやら今年は気が変わったらしい。しかも使者はゾディサイド公爵家の者ときた。外交上、無下に断ることが叶わぬ。あのような汚らわしい者を王国に入れねばならないかと思うと……！」

「陛下。心中お察し致します」

傍に立って控えるマシェルロフが気遣わしげにスピネルに声をかけた。

スピネルは口を引き結ぶと、ふうっと重い溜め息をこぼす。

（あれ？　ルゲーティアス公国はプレイヤーが所属出来る国の1つじゃ……？　その国の貴族が悪者？）

国同士の関係があまりわからず戸惑っていると、マシェルロフがわかりやすく説明してくれた。

「南のルゲーティアス公国は、元々ネクロアイギス王国から離反した貴族達が造った国なのだよ。そして南西のグランドスルト開拓都市は、その貴族達の支配に不満を持った平民が反旗を翻して造った都市――ならず者達が運営する国家だな。ただし、ルゲーティアス公国のゾディサイド公爵家は〝海人〟という種族を名乗り……元々ネクロアイギス王国の貴族でもない。ネクロアイギス王国の領土を踏ませたくない不気味な異端の家なのだよ」

――「侵入者（イントルーダー）」と、スピネルが低い声音で呟いた。

「あれは海人を騙《かた》る正体不明の異種族だ。――『地上で海人と名乗る者達を信用することなかれ。我ら種人の友は、今も海の底で眠っている』――ローゼンコフィン8世の遺されたお言葉である。海人を騙るゾディサイド公爵家を許すものか。死した友の安らかな眠りを守る盾、海を守るための王家、あれを許して、何のためのネクロアイギス王国かっ」

「海……」

ルビーの呟きを耳にし、「嵐のことを思い出させてしまうが」とスピネルは一旦断りを入れて話を続ける。

「『海の領土は全て海人のもの』。これが、ネクロアイギス王国の主張である。だからこそ海に領海はなく、港には関所もなく、海からはどのような者も自由に行き来が叶う。港に衛兵は置かぬ。いつ何時、友が――本物の海人の生き残りが訪ねてくるやもしれぬからだ。そして他国にも、その態度を徹底して求めている。

……確かに守られているかは別としてだな。現状はグランドスルト開拓都市が賛同しているおかげで、海の領土権を主張するルゲーティアス公国を抑えられているといった、歯がゆいものでしかないが」

（プレイヤーの所属国同士は敵対しているんだ。じゃあ、ゲーム開始時に会ったクラッシュさんは、自分から海人を名乗っていたから海人じゃなかった……？　えっ、本当は何者だったんだろう）

いわゆる悪役――敵側の人物だったのだろうか。そう考えると、クラッシュの人の好さそうな明るい笑顔を思い出して背筋が寒くなった。


昼からは、書斎で『岩石大図鑑』（■自然科学）、『岩石図鑑体系』（■技術／工学）を読破する。バーで毎回《80％》を出せるせいか、読み終わるのは早い。

――《3日目／夜　～建国祭まであと4日～》――


2冊の習得は叶わなかった。明日こそ習得出来るといいなぁと思う。

スピネルとルビーは随分《ずいぶん》と仲良くなっていて、夕食時には親しく会話していた。ルビーは朝見た時よりも姿勢が良くなっている。

スピネルは王様という偉い立場なのに気さくだ。2人で楽しそうに話していると、まるで本当に双子の兄妹みたいだった。スピネルがツカサにも話の水を向ける。

「ルビーの話は兄上殿のことばかりだ。仲が良いのだな?」

ルビーがもじもじとして顔を火照らせ俯く。その姿にほんわかした。

「はい」

ツカサの肯定に、ルビーはパアッと満面の笑みをこぼして喜んだ。

《ルビーの好感度が最大まで上がりました!》

——《4日目/朝 ~建国祭まであと3日~》——


書斎へ向かうために廊下を歩いていると、オオルリがツカサの肩から飛び立ち、開いた窓からテラスの手すりに乗る。オオルリの動きを目で追うと、薔薇の庭園を1人で歩くスピネルの姿が目に入った。習得時間は減ってしまうかもしれないが、気になったツカサはテラスの階段を降り、庭園へと出て追いかける。

スピネルは薔薇の彫像を見上げていた。ツカサはその彫像の形に見覚えがあった。

「幻樹ダンジョンの薔薇の台座に似ている」

自然と思ったことが口から出ていた。スピネルは緩く笑みをこぼす。

「貴殿は、あの珍しきローゼンコフィンの薔薇を見たことがあるのか。王家の名はその薔薇の名からいただいている。海人がもたらしてくれた遺産の一つだ」

《称号【博学】を獲得しました》
《称号の報酬として、【特殊生産基板〈透明〉】を取得しました》
《【特殊生産基板〈透明〉】に【彫刻LV1】（5P）スキルが出現しました》

ツカサは会話で称号が取れて、目を丸くした。【博学】の称号は説明を見ると、いずれかの【解析】スキルを持っていることと限定特殊クエスト『王の薔薇の住処』のクリアが取得条件だった。

称号効果は『鉱物の採集率上昇』だ。

（採掘をしてみた方がいいのかな）

「どうした？」

「あっ、その、……あの薔薇はそんなに重要なものだったんですか？」

「直にローゼンコフィンの薔薇を見た貴殿なら、あの薔薇の特性を知れただろう。弱者、強者を判別して色を変える花びら。あの薔薇を種人種族の生息域に植えたのは海人だ。昔、まだひ弱だった種人の先祖にとって、薔薇の特性は脅威を察知し、逃れるために欠かせぬ必需の『柵』だった。種人種族が絶滅もせず、この大地の生存を勝ち得たのは、ひとえに友である海人のおかげなのだ。ローゼンコフィンの薔薇は、今でこそ数が減り、貴重な花となってしまったが、昔は道端に咲き誇っていた花なのだ」

その話に、ツカサは内心で首を傾げる。

（海人こそ、宇宙からきた侵略者みたいだけど……この惑星の人達にとっては、いい人達だって認識になっているのがすごく不思議な感じだ）

「ネクロアイギスの王家は……種人は、どうしてそれほど海人と仲が良いのでしょうか？」

「太古の話になる。宇宙《そら》の果てから訪れた海人は、文明人だった。洞窟に住み、原始的な種族でしかなかった種人を、支配するでもなく排除するでもなく、下等生物とさげすむこともなく――どこまでも対等の人類として接してくれた。その彼らへの恩義に報いるため、ネクロアイギス王国は建国されたのだ」

スピネルは「といっても、当初は海人の国になるはずだったらしいが」と苦笑する。

「我が先祖は譲られたのだ、玉座と国を。海人は我々に地上を託し、深海の棺《ひつぎ》で眠られることを選ばれた」

（深海……。教会がそんな名前だったような？）

「教会も同じ成り立ち……？」

「ああ、だが〝深海闇《しんかいあん》ロストダークネス教会〟の創設はずいぶんと後になる。教会は、海人の来訪によってこの星に生まれた種族が、創造主を崇めるために作った信仰だな。……しかし、いつの頃からか、地上に残ったという海人を騙る輩が現れだした。それがゾディサイド公爵家を筆頭としたルゲーティアス公国にいる海人を名乗る者達だ。教会は彼らを崇めてはいないと対外的に示すためにも、海人を〝唯一神ダークディープシー〟と敬称することになった」

そこでスピネルは、軽く意地悪げな表情でツカサを見て口角を上げた。

「我が国の特殊な司祭ならともかく、種人で深海闇ロストダークネス教会の信徒になっている者なぞ初めて見たぞ。海人の遺物を知っているかと思えば、世俗知識には無知ときている。海の島々に住む無辜の民といえども珍しい」

「え……」

ツカサは一瞬、何を言われているのかわからなかったが、「信徒……」と首を傾げかけて、自分のステータスを思い出した。

（うわっ、まさか称号の【深海闇ロストダークネス教会のエセ信徒】!? これが変だって言われてる!? ここにきて素性を怪しまれてるよ！）

序幕のメインクエスト時に、教会に行ったことで自動的に得た称号だった。行かなかった和泉はこの称号を持っていない。

（どこかで選択を間違えた!? それとも僕が種人種族を選んだせい？ どんなふうに行動すれば良かったのかわからないよ……！）

ゲームを始める前は、もっとゲームというのは単純なものだと思っていた。まさか物語の当事者の立場になり、ここまで悩まされるような複雑なものだったとは、とツカサは難しさにうなだれる。まるで自分自身もドラマや映画の中に生きる登場人物のようなのだ。目の前にいるキャラクターや出来事に、どうしても感情移入してしまうし、振り回される。

「ははっ」

おかしそうにスピネルが笑った。その笑い声にハッとする。

「素直な顔だな」

「す、すみません……」

余程、焦って変な顔をしていたのだろう。そう思うと恥ずかしかった。

「いや、新鮮で嬉しいよ。あまり私の前で、自然体になってくれる者はいない」

（それって無礼なだけじゃないのかな……いいのかな）

《スピネル・ローゼンコフィン・ネクロアイギスの好感度が大きく上がりました！》

（は、はい⁉）

「嵐で海からきた擬態する者、か。しかし海人を名乗らない……本当に出来過ぎなものよ」

スピネルはツカサの正面に立って微笑む。

「これからはネクロアイギス王国の民と、誰に聞かれても名乗るといい」

「あ、ありがとう、ございます……？」

「兄上！　陛下！」

ルビーがこちらに駆けてくる。

そこからはルビーも加わって、薔薇の庭園を散策した。午後も庭園でゆったりとした時間を過ごす。離れていたオオルリが口に小さな枝をくわえてツカサの腕に戻ってくる。枝には小ぶりの花が咲いていた。

「かわいいね」

そう言うルビーに、ツカサはオオルリを指に乗せて近付ける。目を丸くしながら手を出すルビーの手の中にオオルリが花を置いた。ツカサは笑顔で言う。

「おみやげだよって」

「えっ」

ルビーはツカサと花を交互に見て、頬を赤くし、大事そうに花を持った。

スピネルは「薔薇の花か」とクスリと微笑む。

「ご先祖様が海人に薔薇をいただいた時も、案外ルビーと兄上殿のような心温まるやり取りだったやもしれぬな」

《スピネル・ローゼンコフィン・ネクロアイギスの好感度が最大まで上がりました！》

スピネルに「良い兄上を持ったな」と褒められてルビーは得意げだった。褒められたツカサも照れる。こうして4日目は書斎には行けなかったが、2人と楽しい時間を過ごせた。

《限定特殊クエスト『シークレットイベント・憩いの薔薇園』を達成しました！》

《達成報酬：通貨1000Gを獲得しました》

《好感度追加報酬：スキル回路ポイント3を手に入れました》

――《５日目／夜　～建国祭まであと２日～》――

《『岩石大図鑑』『岩石図鑑体系』――習得率１００％達成》

《『岩石大図鑑』『岩石図鑑体系』の解析が完了しました。【古代岩石解析ＬＶ１】を取得しました》

「やったー！」

ツカサはなんとか５日目に上位スキルを覚えられた。すごく嬉しい。後の日数にイベントが入っても、ここまでやれたのなら満足である。

――《６日目／朝　～建国祭まであと１日～》――

そしていよいよ最終日。明日は建国祭当日となる。朝から屋敷の中はバタバタと忙しなく騒がしい様子だった。部屋にいるのか、スピネルの姿が見えない。ルビーもどこか浮き足だっている。大丈夫なのか尋ねたら、平気だとの一点張りで困ってしまった。

今日も昨日と同じく１日中書斎に籠もれる。最後の日だからだろうか。成果としては『太古の呼び声』（■区分無し）、『火山と地質』（■自然科学）、『加工入門』（■芸術／美術）を読破し、習得まで出来た。

覚えたスキルは【化石目利き（生産）ＬＶ１】【外形鑑定ＬＶ１】【硬度鑑定ＬＶ１】。絵本と同じように1回で《１００％》になる本を引き当てられたのも良かったのかもしれない。

（終わってみると、８冊も読めたんだ。結構面白いクエストだったなぁ。本も面白かったし、また色んな本を読んでみたい）

《メイン派生クエスト『学びの書斎』》
《推奨レベル３　達成目標：書斎の本を５冊以上読破する。読破済み８／５》

■総記（０冊）
■哲学（０冊）
■宗教（０冊）
■歴史（０冊）
■地理／地誌／紀行（０冊）
■社会科学（０冊）
■自然科学（３冊）
■医学／薬学（０冊）
■技術／工学（２冊）
■家政学／生活科学（０冊）

■産業（0冊）
■芸術／美術（1冊）
■スポーツ／体育（0冊）
■諸芸／娯楽（0冊）
■言語（0冊）
■文学（0冊）
■区分無し（2冊）

《メイン派生クエスト『学びの書斎』を達成しました！》
《達成報酬：経験値1000を獲得しました》
《五国メインクエスト、ネクロアイギス王国編『影の興国』——第1幕、2場『メイン派生クエスト『1週間の自由』』を達成しました》
《達成報酬：経験値1000を獲得しました》
《神鳥獣使いがLV6に上がりました》

□————————□
名前：ツカサ
種族：種人擬態人〈男性〉

所属：ネクロアイギス王国
称号：【影の迷い子】【五万の奇跡を救世せし者】
フレンド閲覧可称号：【カフカの貴人】【ルビーの義兄】【深海闇ロストダークネス教会のエセ信徒】
非公開称号：【神鳥獣使いの疑似見習い】【死線を乗り越えし者】【幻樹ダンジョン踏破者】【ダンジョン探検家】【博学】（New）

職業：神鳥獣使い　LV6（↑1）
階級：9級
HP：90（↑10）（＋20）
MP：350（↑50）（＋130）
VIT：9（↑1）（＋2）
STR：6
DEX：9（↑1）
INT：12（↑1）
MND：35（↑5）（＋3）
スキル回路ポイント〈4〉（↑3）

◆戦闘基板
・【基本戦闘基板】
「【水泡魔法ＬＶ５】【沈黙耐性ＬＶ４】【祈りＬＶ７】
・【特殊戦闘基板〈白〉】
「【治癒魔法ＬＶ４】【癒やしの歌声ＬＶ２】【喚起の歌声ＬＶ３】
◇採集基板
◇生産基板
・【基本生産基板】（Ｎｅｗ）
「【色彩鑑定ＬＶ１】（Ｎｅｗ）【外形鑑定ＬＶ１】（Ｎｅｗ）【硬度鑑定ＬＶ１】（Ｎｅｗ）【化石目利き（生産）ＬＶ１】（Ｎｅｗ）
「【古代鉱物解析ＬＶ１】（Ｎｅｗ）【古代岩石解析ＬＶ１】（Ｎｅｗ）
・【特殊生産基板〈白銀〉】
「【造花装飾ＬＶ１】
・【特殊生産基板〈透明〉】（Ｎｅｗ）
所持金　６４０万１８５０Ｇ
装備品　見習いローブ（ＭＮＤ＋１）、質素な革のベルト（ＶＩＴ＋２）、黒革のブーツ（ＭＮＤ

＋2)、古ファレノプシス杖（MP＋100）、シーラカン製・深海懐中時計

□――――――――――――――――□

ベッドに寝転がれば暗転し、ドッドン！　と最後のカウントダウンの太鼓が鳴った。

――《7日目／朝　～建国祭～》――

《五国メインクエスト、ネクロアイギス王国編『影の興国』――第1幕、3場『王国の凋落《ちょうらく》』が受注されました》
《推奨レベル4　達成目標：建国祭を要人と過ごす0／1》

（凋落――……）
次のクエストが、不吉なタイトルで幕を開けた。

第16話　メインクエスト『影の興国』第1幕3場――建国祭、と感想会

「兄上、がんばってきます」

「うん。いってらっしゃい」

「いってまいります！」

ツカサは、スピネルの代わりに王城へ向かうルビーを見送った。

しかし内心ではヒヤヒヤしている。クエストタイトルが『王国の凋落』なのだ。不穏だった。

（ルビー、何か失敗してしまうんだろうか）

建国祭ということで、明るい喧騒《けんそう》が塀の外から聞こえてくる。ポンポンと打ち上げ花火っぽい音もあった。天候は、残念ながらネズミ色の曇り空。微かに湿気ったにおいも漂っていて、ひと雨きそうだ。曇り空を見上げていると、屋敷の奥からスピネルの声がした。

「兄上殿に馬車を出してやってくれ。折角の建国祭だ。城下の賑わいを見て回るとよいだろう」

「かしこまりました」

執事が玄関へとやってきて御者を呼んだ。ツカサは、このまま屋敷でルビーの帰りを待つのだと思っていたので驚いた。

「僕は屋敷から出てもいいんですか？」

「かまいませんよ。よければご一緒いたしましょう」

答えたのは司祭の正装をしたキアンコーだった。久しぶりにマシェルロフ侯爵邸で顔を見た気がする。

用意された馬車に乗って、キアンコーと共に貴族街の外へと出た。今度の馬車は窓がある。ただカーテンで相変わらず外は見えないが、カーテン越しに外の活気が感じられた。

(クエスト目標の要人はキアンコー神父だったんだ)

そう納得したところで、ガタリと音がして長椅子の一部が持ち上がり、椅子の空洞の中から種人の少年が出てきた。

ツカサはギョッとする。少年は涼しい顔で椅子を元に戻し、その上に座った。

「ス、スピネ……?」

「ルビーと呼んでくれ、兄上殿」

「ええ!?」

してやったりと、スピネルは口角を上げた。

キアンコーがそれを横目に見て、眉間に皺を寄せて嘆息する。

「悪戯が成功しまして、ようございましたな」

「ふふ、キアンコーもそう怒るな。……確認は直ぐに済ませる。港に人はいないな?」

「建国祭に港にいる不届き者がおりましたら、どんな善人であろうと引っ捕らえましょう。今日は海に近寄ってはならぬ禁忌日なのですから。しかし——よいのですか？　彼を連れて」

キアンコーがツカサに視線を向ける。スピネルは「ああ」と頷き返す。

話の流れから街の建国祭には行かないようで、ツカサは戸惑った。

（港に？　これからどうなるんだろう）

馬車は港付近の路地で止まる。人通りはなく、街の中心から届く喧騒しか聞こえない、静まりかえった場所だ。

馬車から降りると、人ひとりしか通れない細い路地にスピネルが入っていく。スピネルとキアンコーの後に、ツカサはついていく。その路地は港へと続いていた。

港も人っ子ひとりいない。港は閑散《かんさん》としていた。

（現実の海も、こんなふうに人がいないと寂しい雰囲気なのかな）

ツカサは現実で海を見たことはない。海に視線を向ければ、ゲーム開始時にネクロアイギス王国へクラッシュに送られた際、ツカサが降ろされた小さな桟橋が目に入った。既に懐かしい心地がする。

海岸線の港には、数軒の漁師小屋が並ぶ。隅の漁師小屋の端には、城壁にもたれかけるように数十もの大きな碇が無造作に積み重ねられている一角がある。

スピネルはそこに行き、左手を挙げた。するとブワンッと機械的な音が鳴り、複雑な魔法陣が地面に浮かんだ。

（わっ、これってソフィアさんが地下通路を通る時にしていたのと同じもの？）

続いてスピネルは右手を軽く挙げる。同じような機械音と共に、別の魔法陣が一瞬上空に浮かんで消えた。地面が剥がれ落ちるように消えていき、地下への入り口と階段が出現した。

階段を1、2段降りたスピネルは、ツカサに振り返って手を差し出す。

「兄上殿も、こちらへ」

その言葉にキアンコーが血相を変えた。

「何をおっしゃって……⁉　神聖な霊廟《れいびょう》にローゼンコフィン王家の御方以外、立ち入れはしません‼」

「――いや、キアンコー。彼は通れるだろう。さあ、どうぞ」

ツカサは促されるままに、スピネルの後に続いて階段を降りていく。背後から「おぉ……まさか、このような日が……」と、キアンコーの驚愕の声が聞こえたので彼に振り返れば、跪《ひざまず》いて両の手を合わせて祈りを唱えている姿が目に入った。

「出来過ぎた推測が当たったようだ。今日は歴史的な日だな」

驚くばかりのツカサを尻目に、スピネルは明るく弾んだ声音で笑った。

下る階段は直ぐに終わる。辿り着いた先は広い講堂のような場所だった。地下とは思えないほど明るく眩しい。白い壁面と床で、光源は光る白い天井だと思われた。

中央にある円形のテーブルに、スピネルが険しい顔をする。

「まさか、とは思っていたが……停止していたのか」

足早にテーブルへと近づき、両手を乗せる。すると円形のテーブルから天井へと真っ直ぐに青白い光が立ち、テーブルの表面には機械回路のような文様が浮かんだ。青い光の中に、白い文字の羅《ら》列《れつ》や何かを表記したブラウザが次々に浮かぶ。

（映画で見た作戦会議室のホログラムみたいな装置だ……すごい）

先ほど霊廟と言われていたが、その言葉通りの場所ではないようだ。

「兄上殿の目覚めと共に停止を――いや、これは……」

スピネルは目の前に浮かぶ数字の羅列をジッと凝視する。

「大陸の浮上――北東に」

そうポツリと呟き、ツカサに顔を向けて「兄上殿も手を乗せてもらえるか。ルビーも国民として登録しよう」と言う。

（登録？　なんだか現実のシステムに似た装置なんだなぁ）

ツカサは遠慮がちに、そっとテーブルに手を置いた。すると、ツカサの手の甲に一瞬回路のような図柄が浮かんで消える。思わず自分の手を確認した。特になんともない。そんなツカサの様子に、スピネルは楽しそうな含み笑いをした。

「兄上殿も鍵として登録しておいた。貴殿もこの国の防壁を担う王家である」

「え!?」

「私としては一安心だ。さて我が王国から、この短期間に入り込んだ海人を名乗る異形どもを全て追い払おう。〝未登録種族〟に退去警告を。去らぬ者は命を取る」

スピネルの宣言後、個別にたくさんの人の映像が表示される。全てに〝未登録種族〟と記載されていて、映像の中では彼らの目の前に警告のアラームと文字、さらには退去制限時間が浮かんでいて、その表示に驚愕する姿が映っていた。それ以外の人々には、音どころか表示が見えていないらしく、何を騒いでいるのかと怪訝《けげん》な表情をしている。

まるでプレイヤーが個別に見ているシステムブラウザのようだと思った。

「ゾディサイド公爵家の使者――いや、正確にはあの男に鉄槌《てっつい》を」

「あの男、ですか？」

「パライソ・ホミロ・ゾディサイドという男だ。ネクロアイギス王国の乗っ取りを企み、それが叶わぬと知ればルゲーティアス公国などという敵対国を造り、我が国と海人の遺物を、全てこの世から消し去ろうと画策する――不気味な不老異種族の長だ」

スピネルが視線を向けた映像には、王城に止まっていた豪奢《ごうしゃ》な馬車が反転して去っていく様子が映っていた。

「……大人しく出ていくようだな。ルビーにも会わせずに済んで良かった」

スピネルは詰めていた息を吐き出し、泡をくって城門へと必死に駆けていく人々の映像を最後に一瞥《いちべつ》してから「地上へ戻ろう」とツカサを促した。

階段を上がって地上の港へと戻る。ツカサ達が外に出ると、入り口は消えた。地上で待っていたキアンコーと共に、馬車を止めている路地へと帰る。再び人々の喧騒が聞こえてきた。

スピネルがツカサに申し訳なさそうに詫びる。

「すまない。建国祭の楽しみを取り上げてしまった。せめてルビーに屋台の土産を買っていこうか」

「でも、そんな……」

ツカサが困ったように遠慮しているのを見て取ったキアンコーが口をはさんだ。

「でしたら、私が代わりに買い求めてまいりましょう。人混みは危のうございます。どうか馬車でお待ちください」

「ままならぬな。ここまで来ても、自ら屋台を見られぬとは誠に残念だ」

スピネルは不服そうに肩をすくめたが、キアンコーに任せた。

キアンコーはそっと路地を出る。

「キアンコーが残れと言ったのは私にだろう。兄上殿も買いに向かわれてもよいが」

「い、いえ。一緒にいます」

「そうか。私はルビーだものな。幼い妹を置いてはいかぬ、兄上はお優しい」

スピネルはくすぐったそうに呟いて笑った。たわいない会話を交わしながら、ツカサ達が馬車の扉に近付いた時である。

「〝種人のツカサ〟？」

突然、第3の声が2人の会話に割って入った。

「え」

フッと、既視感のある言葉だとツカサは思う。振り返ると、そこにいたのは馬車の御者の平人男性だった。瞬間的に違和感を覚える。

——そうだ。御者は犬耳と尻尾の、森人男性だったはず——その思考と同時に既視感の正体を思い出した。

『たっ、たねびとのツカサですっ……！』

『種人がなんでこんなところに……。上がってこいよ。俺は見ての通り、海人のクラッシュさ』

（チュートリアルでクラッシュさんに名乗った台詞）

ツカサはゾワッと鳥肌が立った。

「兄上殿!!」

銃声が響き渡る。とっさにツカサの前に出たスピネルが崩れ落ちた。

「!?」

不測の事態に硬直するツカサへ、男はすかさず銃の引き金を引く。

しかし男が撃つ前に、銃ははじき飛ばされた。キアンコーが棒クナイを銃に打ち、老人とは思えない身のこなしで駆けてきて男を打ち倒す。拘束した男の腕にある金の入れ墨《ずみ》を見て「グランドスルトの鉄砲玉……!!」と忌々しげに吐き捨てた。直ぐさま、首にかけていたアクセサリーの笛を吹く。

「ここはネクロラトリーガーディアンに引き取っていただきます。貴方様は早く馬車の中へ！」

「で、でも……！」

ツカサの胸に倒れ臥しているスピネルに、頭が真っ白になってしまった。身動き出来ないでいると、背後から誰かに抱き起こされ、馬車へと入れられた。仮面をつけた黒装束の人間が２人、いつの間にかこの場に現れていて、ツカサを馬車に入れたのはその１人だ。

続いてキアンコーがスピネルを抱えて乗り込むと、直ぐに馬車は走り出した。

ツカサは、ようやくハッと意識を引き戻し、慌てて身体を起こす。

「回復を」

即座にキアンコーの手で制された。彼は首を横に振る。

「心臓を撃たれています。即死……だったでしょう」

「そ、んな……」

（死んだ……え、でもそんなこと――……え……？）

しばし、重い沈黙が場を支配する。

それから少しして、キアンコーは沈痛な面持ちと絞り出すような低い声音で重々しく呟いた。

「――この度は、ルビーさんのお悔やみを……申し上げます」

「え……？」

「亡くなったのは貴方様の妹君です」

一瞬、キアンコーが何を言っているのかわからなかった。

「あ、えっ……あの、ルビーは……これから、どうなるんですか……？」

「ですから、この度は妹君のお悔やみを申し上げると」

「キアンコー神父⁉」

「――申し訳ありません。ですが、ネクロアイギス王国を滅ぼすわけにはいかないのです……‼

どうかっ……どうか亡くなったのは、彼女の方であると！　お頼み申し上げますっ……‼」

土下座をされ、鬼気《きき》迫る勢いで頼み込まれて、ツカサはそれ以上何も言えなくなった。

馬車は貴族街には戻らず、教会へと着く。布で顔を隠したスピネルは丁重に、だが素早く教会の奥の部屋へと運ばれていく。

何も出来ないツカサは、ぼんやりと教会の椅子に座っていることしか出来なかった。ザアァ……と建物の外から雨の降る音がしていた。


少し経ってから、キアンコーがツカサの元へと戻ってくる。

彼はひたすらに頭を下げながら、木箱をツカサに差し出した。中にはキャッシュカードぐらいの大きさの1枚のプレートが入っている。そしてツカサにしばらく休息を取るように告げてきた。

「どうか、今日はもうお休みください。こちらも色々とございます。ルビーさんの件はまた改めてお話をいたしましょう」

「はい……」

そしてキアンコーは再び奥の部屋へと足早に去っていった。

シャン！　と鈴の音が鳴る。

《五国メインクエスト、ネクロアイギス王国編『影の興国』――第1幕、3場『王国の凋落』を達成しました》
《達成報酬：所属身分証と経験値1500を獲得しました。ネクロアイギス王国王都の中央広場と各関所の『衛星信号機（テレポート装置）』の解放、他国への移動と所属の制限が解除されました》

《ネクロアイギス王国・ローゼンコフィン王家は滅亡しました。真のローゼンコフィン14世が崩御し、影のローゼンコフィン14世へとその権威は移譲されました。この事実は他国には秘匿されます》
《称号【影の迷い子】が【影の立役者】に変化しました》

《これより世界情勢が変化します。北のネクロアイギス王国、南のルゲーティアス公国、南西のグランドスルト開拓都市の3国は冷戦状態へと突入します。

マーケットに手数料制度が追加されます。自国以外のマーケットを利用した際、手数料が発生するようになります》

《一定規定数のＰＫ（プレイヤーキル）を行っている赤色ネームプレイヤーは、ネクロアイギス王国から強制的に所属を解かれるようになりました。

対象のプレイヤーは自動的にルゲーティアス公国へと所属国が変更され、強制移動させられます。

今後プレイヤーが所属国を変更する際には、ネクロアイギス王国のみ累積犯罪値が測定されます。

累積犯罪値が高いプレイヤーはネクロアイギス王国に所属出来ません》

降っている音がしていた雨は止んでいた。

（――なんで……）

ツカサは茫然としながら、トボトボと歩いて教会から出た。正直なところ、メインクエストをクリア出来たという爽快な達成感は湧いてこない。

「……」

中央広場の噴水は少し形を変えていて、水が噴き出す中心の像が電波塔のような石の彫刻に変貌していた。これが〝衛星信号機〟というテレポート出来る移動手段なのだろう。和泉から、衛星信号機は各職業ギルドにもあって死亡した場合は死亡時になっていた職業のギルドの衛星信号機に飛ばされて復帰する話は聞いている。所属国ではない他国の職業だった場合は、国境の関所にある衛星信号機が復帰場所になるそうだ。

今はなるべく頭の中で思い浮かべたくない出来事をどこかに追い出すように衛星信号機のことをつらつらと考え、ただ衛星信号機をぼんやり見ていた。

それから噴水のヘリに座り、はぁと溜息をこぼす。精神的にくたくただ。頭の芯が白くぼやけているような感覚がして、ぼうっとする。雑踏を見ているようで見ていないまま眺めていた。

「ツカサ君！」

「あ……。和泉さん」

顔を上げると、どこか悄然《しょうぜん》として疲れた顔色の和泉がいた。

ツカサは自分が座っているヘリの場所から横に動く。和泉は遠慮がちに、ツカサが譲った場所に腰を下ろした。

和泉と並んで座って、しばらくぼんやりとする。

「——メイン……どうでしたか？　僕はなんだか色々とびっくりしてしまって、まだ気持ちがついてこない感じで……」

「わ、私も……。バッドエンドの映画を見た後みたいなモヤモヤ感だよ。すごくメンタルをえぐられて、疲れちゃった……」

どうやら和泉も同じ――スピネル死亡の終わり方をしたようだ。ぽそりぽそりと話す和泉の目はうるんでいた。

「このゲームのNPC……すごくリアルだから、目の前で悲惨なドラマをされると没入感のせいで心がえぐられる……。そもそも私、涙腺《るいせん》が弱くてアニメでも直ぐ泣いちゃうから……本当になんかもう――……」

「どうすれば、よかったんでしょうか。僕のせいで人が亡くなって……」

「回避方法なかったのかって攻略サイトを確認したけど……あの死は避けられないんだってあって……」

和泉の情報にショックを受ける。どうにもならない話だったのだ。

「そ……うですか……」

2人の間に重い沈黙が流れた。

ふと、足下に影が差しているのに気付く。顔を上げると、レースの傘を差したソフィアが微笑んでいた。

「こんなところで暗い顔なの」

ソフィアは傘を手元で緩く一回転させてからたたんで腕にかけた。そして両手を合わせる。

「ソフィアさん……？」

「陛下への黙祷《もくとう》を。……たまにはプレイヤー相手に司祭らしくロールプレイなの」

まじめな声音に反して、悪戯っ子のようにおどけた仕草でウィンクをして舌を出す。ツカサ達の心情を明るくしようとする気遣いを感じた。

ソフィアには、ツカサ達がどうして気落ちしているのか、わかっているようだった。

「フレンドなの」

「あっ」

ソフィアの優しいささやきにハッとする。

（そっか……。フレンドリストの称号でメインの話をどこまで進めたか、わかって――……）

重たいメインストーリーの内容に心配して駆けつけてくれたのだ。

ソフィアに促されて、戸惑いながらもツカサと和泉は両手を合わせてみた。まぶたを閉じたソフィアに倣い、視界を閉じる。

優しい声音の語りが耳に届いた。

「敬愛なる陛下に、安らかなる眠りの縁が巡りますように黙祷を。永久の安寧をここに想う――……」

静かな時間が流れる。

ぐすっと、泣いた時の鼻をすするような音が隣から微かにした。

それから少しして、ツカサと和泉は目を開ける。和泉の顔は赤くなっていたが、表情は明るくなっていて照れ笑いを浮かべていた。

ツカサも釣られてぎこちなく笑みをこぼす。先ほどまでの、ぼうっと何も考えられないショック状態からは脱して、心は落ち着きを取り戻し始めていた。

「少しは気持ちが軽くなったならよかったの」

ソフィアはニッコリと笑顔になる。

「ソフィアさん……ありがとうございます」

「ソフィアが2人の役に立てたなら嬉しいの。VRはリアルと変わらない映像が目の前にある分、没入度が普通とは全然違うから色々衝撃的でびっくりしちゃうよね。特に『プラネット イントルーダー・オリジン』なんて、ダイレクトにイベントが心に刺さると思うの。それで辞めちゃう人もいるけど、でもそこが魅力でもあるから悩ましいの」

「はい……」とツカサは頷いてから、膝の上に乗るオオルリに気付いて柔らかな身体を撫でた。オオルリに気付かないほど、余裕がなくなっていたようだ。

「――魅力があるのは、すごくわかります」

ソフィアは破顔した。

「ね！　そうだ、2人とも同じルートを進んだの？」

「わ、私はお祭りで借家の家主さんの屋台を手伝ったルートを。お忍びで陛下が屋台にきて港へ……。その後、私を訪ねてきた人が……」

「へぇ、そのルートだったの」

「屋台をやったんですか!?」

ツカサとはまるで違う展開だ。

「う、うん。文化祭みたいで、準備期間も……結構楽しかったよ」

「そっちもいいですね。僕は当日までずっと読書をしてました」

「ど、読書は生産職業ルートだよね。私は採集職業ルートでずっと山菜採りをしていたよ」

「僕も和泉さんも、戦闘職業の選択肢を選ばなかったんですね」

「だね」

話しているうちに微妙に残っていたぎこちなさも消え、和泉と自然に笑い合っていた。心が軽くなっていく。

あーでもない、ここはこうだった！　と楽しく話していると、バーン！　とシンバルの音が響き渡った。キラキラとした光のエフェクトが降り、目の前にブラウザのアナウンスが表示される。


《正式版開始のお知らせ。

本日2xx1年5月10日をもって、正式版VRMMO『プラネット イントルーダー・オリジン』が発売されました!!　これからもご愛顧のほど、よろしくお願いいたします。

正式版最初のイベントとして、5月31日に『ネクロアイギス王国VSルゲーティアス公国VSグランドスルト開拓都市——三国領土支配権代理戦争』が行われます。

参加資格はメインクエスト称号【影の立役者】【大魔導の立役者】【巨万の立役者】以上の進行状況である称号が必要です。イベントに関連して、期間限定の三国掲示板が設置されます。自国の戦略板としてご活用ください。また戦争と銘打っておりますが、主軸のPVP集団戦だけではなく、戦闘をせずともイベントがこなせる要素がございます。ぜひお気軽にご参加ください》

「いや、気軽に参加って。戦争なんじゃや？」

つい、つっこんでしまった。隣で和泉がお腹を抱えて肩を震わせている。ツボにはまったようだ。

ソフィアも口元を手で隠しながら上品に笑ってくれた。

笑い合いながら、《参加する》の文字をタッチした。

【先行アーリーアクセス2日間編〈終〉】

04

正式版『プラネット イントルーダー・オリジン』リリース編

The Tamer
of Fur and Feather
is Shy but Well Meditated.

第1話　ゲーム内掲示板09（ネクロアイギス王国）

プラネットイントルーダー　ネクロアイギス王国掲示板Ｐａｒｔ１

０：正木洋介代理運営ＡＩ
このネクロアイギス王国掲示板は、【影の立役者】以上の称号を持つ所属プレイヤーのみが閲覧して書き込める掲示板です。

１０００まで書き込まれると、自動的に次の掲示板が生成されます。

期間限定のため、過去の掲示板は保存されません。

当ゲーム製作者・正木洋介は言論の自由を認め、ある程度の暴言や差別的用語の使用を許容します。

ただし、この独自言論マナーを掲示板外部へ持ち出すことは固く禁じます。また、許容を超える悪質なものは法的手段を執らせていただきます。

１：桜さん［七方出士］　２ｘｘ１/05/10
スピネル陛下に黙祷を捧げます（ヽ´ω`）ナム

2：柳河堂さん［弓術士］　2xx1／05／10
(´-ω-`人)

3：ムササビXさん［弓術士］　2xx1／05／10
(´-ω-`人)

4：クロにゃんさん［騎士］　2xx1／05／10
(´-ω-`人)スピネル陛下万歳!!

5：名無しさん［七方出士］　2xx1／05／10
(´-ω-`人)ルゲもスルトも絶対に許さない

6：柳河堂さん［弓術士］　2xx1／05／10
(´-ω-`人)だが復讐《ふくしゅう》は無為

7：ぶっぱさん［弓術士］　2xx1／05／10
(´-ω-`人)復讐者はネクロを去らねばならぬぞ

8：ケイさん［七方出士］　2xx1／05／10
えっ……何このスレは（ドン引き）

9：くぅちゃんさん［召魔術士］　2xx1／05／10
完全にスピネル盲信者スレ

10：嶋乃さん［弓術士］　2xx1／05／10
陛下スレになりそうな気はしていたがテンプレ出来るの早過ぎるだろw

11：桜さん［七方出士］　2xx1／05／10
テヘ（〃-ω-〃ゞ）ごめん。私のせいで

12：くぅちゃんさん［召魔術士］　2xx1／05／10
→確信犯である

13：チョコさん［召魔術士］　2xx1／05／10
（￣・ω・￣ゞ）

14：ケイさん［七方出士］　2xx1／05／10
チョコまで⁉

15：嶋乃さん［弓術士］　2xx1／05／10
仕方ねぇな（´-ω-`人）南無

16：くぅちゃんさん［召魔術士］　2xx1／05／10
俺も郷《ごう》には従うか（´-ω-`人）

17：桜さん［七方出士］　2xx1／05／10
（´-ω-`人）メイン職業名が出るのが新鮮だね

18：クロにゃんさん［騎士］　2xx1／05／10
（´-ω-`人）ここまでタンク書き込みが自分1人で震えが止まらない

19：くぅちゃんさん［召魔術士］　2xx1／05／10
（´-ω-`人）何というDPS集団

20：クロにゃんさん［騎士］　2xx1／05／10
(´-ω-`)お客様の中にヒーラー様はいらっしゃいませんか!?

21：ぶっぱさん［弓術士］　2xx1／05／10
(´-ω-`)神鳥獣使いはレアキャラじゃけん……

22：ケイさん［七方出士］　2xx1／05／10
(´-ω-`)シャレ抜きで、総合で有名人の覇王フレンドしか該当者が思い浮かばない

23：嶋乃さん［弓術士］　2xx1／05／10
(´-ω-`)さてはネクロアイギス、戦争前から詰んでるな？w

24：クロにゃんさん［騎士］　2xx1／05／10
(´-ω-`)こちとら生産特化タンクですよ!?

25：ケイさん［七方出士］　2xx1／05／10
(´-ω-`)錬金タンクやわらかそうw

26：桜さん［七方出士］　2xx1／05／10
(´-ω-`)基本的にPKとかPVP勢がいない国だからしょうがない
赤ネームの人も過剰正当防衛とか事故で1人キルくらいが関の山

27：嶋乃さん［弓術士］　2xx1／05／10
(´-ω-`)ここも遠距離アタッカー陣の人口が多い
近接が少ない辺り戦闘ガチ勢が少ないんだな
いやVRだから近接戦闘が怖いのか？w

28：チョコさん［召魔術士］　2xx1／05／10
(￣・ω・￣)　街中だと召魔術士が多いよね

29：桜さん［七方出士］　2xx1／05／10
(´-ω-`)連れ歩けるもふもふハムスターな召喚獣が可愛いから

30：ムササビXさん［弓術士］　2xx1／05／10
(´-ω-`)モモンガだと思ってた！

31：くぅちゃんさん［召魔術士］　2xx1／05／10
(、-ω-、)人(、)頼みの綱は暗殺組織ギルドのメンツのみ

32：嶋乃さん［弓術士］　2xx1／05／10
(、-ω-、)人(、)聖人と弟子達はイベントに参加しない気が

33：ケイさん［七方出士］　2xx1／05／10
(、-ω-、)人(、)じゃあうちに対人戦出来る人いないじゃん！www

34：桜さん［七方出士］　2xx1／05／10
(、-ω-、)人(、)戦争は始まる前から敗戦確定してるからネクロ民はまったり雑談しよう

35：クロにゃんさん［騎士］　2xx1／05／10
(、-ω-、)人(、)先生！　サブクエがホラーED率高過ぎて怖くて消化できません。助けて！

36：桜さん［七方出士］　2xx1／05／10
(、-ω-、)人(、)喜びたまえ。「うちの子知りませんか？」「屋根裏の怪物」クエが正式版でパワーアップしたぞ

37：クロにゃんさん［騎士］　2xx1／05／10
(゜ω゜、)ゝ)助けて!!

38：桜さん［七方出士］　2xx1／05／10
(｀-ω-´)ゝ)続編クエまで出たよ

39：クロにゃんさん［騎士］　2xx1／05／10
正木ぃぃぃぃぃぃ！！！！！！！！！

40：ケイさん［七方出士］　2xx1／05／10
(｀-ω-´)ゝ)平気平気。続編はD〇Dゲーだったからw

41：桜さん［七方出士］　2xx1／05／10
(｀-ω-´)ゝ)それは楽しそう！　ね、大丈夫そうでしょ？

42：クロにゃんさん［騎士］　2xx1／05／10
(｀-ω-´)ゝ)鬼ごっこ系の非対称ゲームもVRでは怖くてできません

43：桜さん［七方出士］　2xx1／05／10

(´-ω-`)オウフッ……

44：くぅちゃんさん［召魔術士］　2xx1／05／10

(´-ω-`)VRでホラーするのが、普通に拷問なのがわかってない正木なのだった

45：ぶっぱさん［弓術士］　2xx1／05／10

(´-ω-`)サブクエは別にやらんでいいんじゃぞ？

46：名無しさん［七方出士］　2xx1／05／10

(´-ω-`)んだんだ

47：クロにゃんさん［騎士］　2xx1／05／10

(´-ω-`)ぐぅぅ……地図上の「！」マーク消えないの気になるぅ

第2話　グランドスルト開拓都市へ

昨夜はゲームで色々あったが、寝て起きた時には「感情を振り回されたけれど、なんだかんだで熱中していたんだ」という感想で落ち着いた。

感情を揺さぶられるのは、それだけゲームにのめり込んでいるからだ。真剣なのは悪いことじゃないと思う。


5月10日の夜。今日は和泉とグランドスルト開拓都市へ行く予定である。

関所をいくつか通るので村や集落にも寄れるため、職業ギルドクエスト『村々の医療巡回』の9級と10級の両方を受けた。

これは9級と10級でそれぞれ難易度は違うが、同じ村を回るクエストで同時に進められる。一度受ければ半永久的に受諾状態のまま保持され、村をたくさん回ってもいいクエストだ。しかも村1つにつきクエスト1つ達成した判定になるらしく、ギルドクエスト数を稼ぐにはもってこいのお得なクエストである。ちなみに村の巡回クエストは他職にも似たものがあり、和泉も『村々の警邏《けいら》巡回』を受けた。

ネクロアイギス王国を出て南西へと街道を徒歩でいく。都市間の乗合馬車はあるのだが、村には止まらないそうなので今回は利用を断念した。

街道近くにいるモンスターは、基本的にノンアクティブという状態でこちらから攻撃しないかぎり襲ってこない。敵のレベルが高くても安全だ。

オオルリは大空を飛び、ツカサと和泉はパーティーを組んでのんびりと歩く。時折、和泉が道から外れて草むらや木へと近寄って採集を行う。そしてツカサの横に戻ってくることを何度かしていた。

ツカサには採集ポイントの光が見えないが、サブ職業に採集猟師を持つ和泉には見えているそうだ。

「和泉さんはメインを中断してもよかったんですか？」

「うん、ちょっと心の休憩はしたかったから。グランドスルトの採掘師と宝珠導使いも、すっごく気になっていたし」

「宝珠導使いはバフデバフが使えるヒーラーですよね」

「そう、ソロでの使い勝手がいいヒーラーなんだって。私はＭＮＤが低い種族だけど、ソロで使う分ならいいかなって思って。タ、タンクはヒーラーも経験しておいた方が相方のことがよくわかっていいらしいんだ」

「じゃあ、僕もタンクをしてみた方がいいんでしょうか」

「う、ううん。これはあくまでやりたい人はやっておいた方がって話で……。きょ、強制的な話じゃないの。気にしなくていいよっ」

和泉が慌てて首を横に振る。ついでに和泉のトカゲの尻尾もパシパシと左右に揺れた。

（タンクかぁ……。確か騎士と守護騎士と戦士だよね。鎧は格好いいと思うけど、自分で着たいって気持ちはあんまりない――あっ、新職業の舞踏家っていうのもタンクだっけ。そっちは軽装なのかな？）

和泉がサブ職業でヒーラーをするなら、それに合わせてサブ職業でタンクを取るのも悪くない気がした。それにツカサは【五万の奇跡を救世せし者】の称号報酬で初期ＶＩＴが他の種人男性と違って平均値になっているので、普通にタンクをやれるステータスではある。……さすがにタンクに適性のある種族には劣っているけれど。

ふと、ツカサは自分自身の心境の変化に驚いて苦笑をこぼす。

（ゲームを始めた時は、ＰＫが怖くて攻撃を受けるなんて無理だって思ってたのに。今は和泉さんを守れるなら頑張れそうな気になってる）

視野が広がった気がして嬉しい。

「ツ、ツカサ君。よかったら、グランドスルトの後はルゲーティアスも行かない？　行った場所は衛星信号機が解放されるし、移動出来るようにしておいた方がきっと便利だよ」

「はい、後で行きましょう。僕、ルゲーティアス公国の漁師ギルドが気になっているんです」

「そっか！　えへへ……ハッ⁉　でもツカサ君、釣りって採集職業のエンドコンテンツだって言われている恐ろしい職業だよ……。何億単位で魚の種類がある沼だとか」

「え⁉」

和泉とわいわい雑談しながら進み、村への横道を見つけると一旦大きな街道からは逸れて村へと向かう。村の周りに張り巡らされている柵を越えて村の中に入れば、和泉は子供達に囲まれ、ツカサは村の老人達に「神鳥獣使い様、お待ちしておりました！」と歓迎された。

村の中央の開けた場所に質素な木の丸いすが置かれて、そこにツカサは座り、並ぶ村人の治療を行った。ツカサが回復をしようとすれば、空を飛んでいたオオルリが直ぐに戻ってきて「ピールリー、ジェジェ」と鳴き、五線譜をくるくると展開してくれる。

治療の列に並ぶ村人の頭上にはHPバーと状態異常の表記が出ている。ツカサは少しだけHPが減っている村人には【治癒魔法】を。7割以上HPが減っている村人には【癒やしの歌声】を、沈黙や恐怖状態になっている村人には【喚起の歌声】を使って治した。勿論、合間合間に【祈り】をしっかりと使う。

1人だけ、毒にかかっている村人がいた。ツカサはそこで神鳥獣使いの弱点に気付いた。

(今の時点で、神鳥獣使いは毒や麻痺《まひ》を治せるスキルがない)

【喚起の歌声】で治せる状態異常は、沈黙・混乱・狂心・恐怖のみ。ツカサがまだ覚えていない【鬨の声】も攻撃力を上昇させるものだ。今後治せるスキルを覚えるのだろうかと内心首を傾げつつ、毒は治せないので、徐々にHPを回復させる【癒やしの歌声】を応急処置として使った。そのうち、その村人から毒表記は消え、【癒やしの歌声】の効果で毒によって減ったHPも元に戻った。

「村の者はみんな元気を取り戻しました。神鳥獣使い様、ありがとうございます！」

《【祈り】がLV8に上がりました》

《【治癒魔法】がLV5に上がりました》
《【癒やしの歌声】がLV3に上がりました》
《【喚起の歌声】がLV4に上がりました》
《神鳥獣使いがLV7に上がりました》

戦闘をしなくてもクエストをこなしたことで経験値が入ってレベルが上がった。スキル回路ポイントが7になる。ツカサは5ポイント使って新たに【魔法速度】を覚えた。

（タンクのHPが減ってからバフの回復をかけるんだから、スピードは大事だよね）

□――――――――□
名前：ツカサ
種族：種人擬態人〈男性〉
所属：ネクロアイギス王国
称号：【影の立役者】（New）【五万の奇跡を救世せし者】
フレンド閲覧可称号：【カフカの貴人】【ルビーの義兄】【深海闇ロストダークネス教会のエセ信徒】
非公開称号：【神鳥獣使いの疑似見習い】【死線を乗り越えし者】【幻樹ダンジョン踏破者】【ダンジョン探検家】【博学】

職業：神鳥獣使い　LV7（↑1）
階級：9級
HP：100（↑10）（+20）
MP：400（↑50）（+130）
VIT：10（↑1）（+2）
STR：6
DEX：10（↑1）
INT：13（↑1）
MND：40（↑5）（+3）

スキル回路ポイント〈2〉

◆戦闘基板
・【基本戦闘基板】
「【水泡魔法LV5】【沈黙耐性LV4】【祈りLV8】（↑1）【魔法速度LV1】（New）
・【特殊戦闘基板〈白〉】
「【治癒魔法LV5】（↑1）【癒やしの歌声LV3】（↑1）【喚起の歌声LV4】（↑1）

◇採集基板
◇生産基板
・【基本生産基板】
「【色彩鑑定LV1】【外形鑑定LV1】【硬度鑑定LV1】【化石目利き（生産）LV1】
「【古代鉱物解析LV1】【古代岩石解析LV1】
・【特殊生産基板〈白銀〉】
「【造花装飾LV1】
・【特殊生産基板〈透明〉】

所持金　640万1850G
装備品　見習いローブ（MND＋1）、質素な革のベルト（VIT＋2）、黒革のブーツ（MND＋2）、古ファレノプシス杖（MP＋100）、シーラカン製・深海懐中時計

□――――――――――□

その後、村でのクエストを終えて和泉と共に街道へ戻る。和泉の方は村の周りの巡回で、柵の外で遊んでいる子供達に襲いかかるモンスターのヘイトを取って守る仕事だったらしい。モンスターに無理に攻撃をしなくてもいいらしく、村の自警団の若者が攻撃を担当して倒していたそうだ。

そんなふうに、村や集落を5つほど経由する。

夜になると街道のノンアクティブのモンスターがアクティブ状態に変わるので、その時は村の空き家に泊めてもらい、朝に時間が切り替わってから村を出る。依頼をこなしているうちに【祈り】が2レベル、【治癒魔法】【癒やしの歌声】【喚起の歌声】【魔法速度】がそれぞれ1レベル、神鳥獣使いもまた1レベル上がった。

南西へと進むごとに、だんだんと木々が減っていき、緑の草原も消えて、赤茶けた土や砂地の地面とサボテンのようなトゲトゲした植物、大きくて幹の太い変わった形の木と岩の山がそびえる風景へと変貌していく。

クリーム色の土壁の関所に到達すると、《グランドスルト開拓都市の『衛星信号機』が解放されました》とアナウンスされた。ツカサと和泉はネクロアイギス王国所属なので、グランドスルト開拓都市の職業になっている時に死亡すれば、ここが復帰場所になる。

関所を通る際は入国料1500Gを払う。これは毎回必要らしい。

だからメイン職業のギルドがある国にみんな所属していて、移籍をする場合は大抵メイン職業を変えた時になる。PKをやり過ぎてネクロアイギス王国からルゲーティアス公国に強制的に所属国を変えられたプレイヤーは、ほぼ全員がメイン職業を変更するとの事情を和泉から聞いた。ネクロアイギス王国所属のプレイヤーは、それも原因で全体的に少ないらしい。

関所を通って少し歩くと、ほどなく岩の要塞のような城門が見えてくる。ネクロアイギス王国と違って門番らしき衛兵の姿はない。

代わりに城門の道の真ん中に、ボロボロのマットを引いてあぐらをかいて座っている薄汚れた白いターバンとマントを羽織った山人の老婆がいた。しわがれた声でツカサ達に「初回入場料100G」と言い、ひび割れた土のお椀《わん》を差し出す。

困惑しつつツカサと和泉が100Gを入れると、老婆は「ヒッヒッヒ！　まいど」と欠けた歯を見せながら豪快に笑った。2人は面食らう。


——《グランドスルト開拓都市》——


と、目の前に文字が浮かんで消えた。都市の中はガヤガヤと騒がしく、常に誰かの悲鳴や怒鳴り声がいろんな所から聞こえてくる。道端に座ってたむろするガラの悪い青年達や、背丈が高い屈強な男性や女性が肩をいからせて歩いていた。

人々の熱気と迫力に圧倒される。

「す、すごい雰囲気だね、ここ……」

「は……はい」

ネクロアイギス王国のマルシェでも流れたように、ここでもグランスルト開拓都市のサブクエスト受注のアナウンスが大量に流れたが、自国のサブクエストでさえ触れられていないのでそれは一旦無視することにして、ツカサと和泉は、おっかなびっくりにグランドスルト開拓都市の散策を始めたのだった。

第3話　ゲーム内掲示板10（総合）

プラネットイントルーダー総合掲示板Ｐａｒｔ２５８

１００：花さん［グランドスルト所属］　２ｘｘ１／05／10
びっくりした
森人と砂人の尻尾って前からあんなに動いてたっけ？

１０１：隻狼さん［グランドスルト所属］　２ｘｘ１／05／10
いや、一応揺れてたが本当に申し訳程度に揺れてただけでアクセみたいなもんだった
それがプレイヤーの感情によって耳や尻尾が動くようになった
ぶっちゃけ恥ずかしいわｗｗｗ

１０２：からしさん［グランドスルト所属］　２ｘｘ１／05／10

オイィィィ⁉　なんでこの神アップデートがサイレントなんだよ⁉
大々的に宣伝するべきところだろコレェッ⁉⁉

103：Skyダークさん［グランドスルト所属］　2xx1／05／10
隠れて裏で修正するアプデって、普通緊急性のあるものだとか小さな不具合とかガチャの排出量だとかインフラ環境系じゃねぇのかよ

104：猫丸さん［グランドスルト所属］　2xx1／05／10
ケモナー大歓喜要素やんけ！
これこそパチノ博士に読ませて動画化して告知せぇや‼

105：花さん［グランドスルト所属］　2xx1／05／10
つまり正木の中ではアプデに値しないことなん？www

106：からしさん［グランドスルト所属］　2xx1／05／10
いやいやいや！　MMOでコレやれるってのが革命でしょ⁉

107：カフェインさん［ルゲーティアス所属］　2xx1／05／10

正木「大したことじゃないので裏で修正しました」

108：陽炎さん［グランドスルト所属］　2xx1／05／10
エェッ……

109：よもぎもちさん［ルゲーティアス所属］　2xx1／05／10
度し難い

110：嶋乃さん［ネクロアイギス所属］　2xx1／05／10
正木の判断基準は定期的に意味不
ハイレベル過ぎてついていけん

111：からしさん［グランドスルト所属］　2xx1／05／10
ハァッ!?　感情で耳と尻尾が動いてくれるMMOがどこにあるよ!?
脳波測定に特化したそれ用のオフゲじゃねーんだぞ!?
偉業だって気付いてくれ正木ィィィィッ！！！！

112：ジンさん［ルゲーティアス所属］　2xx1／05／10

正木には一体どんなゲーム世情が見えているんだ……（）

113：くぅちゃんさん［ネクロアイギス所属］　2xx1／05／10
これはAI判断か正木かで闇深案件

114：Airさん［ルゲーティアス所属］　2xx1／05／10
ガチで天然サイコパス野郎だな

115：隻狼さん［グランドスルト所属］　2xx1／05／10
正木にしか見えていないと言えば、過疎ってるのに新しいサーバー増設した件も謎
一体正木の目にはプレイヤーの数字がどんだけ盛られた状態で見えてるんだろうな

116：ルートさん［グランドスルト所属］　2xx1／05／10
「アウタースペース」か！
イェーイ！　一応そこにサブキャラを作ったぜ！

117：隻狼さん［グランドスルト所属］　2xx1／05／10
俺も作った

そういや新鯖に取り逃げのガーリックスがいて吹いたわ

118：猫丸さん［グランドスルト所属］　2xx1／05／10
アイツ新サーバーに逃亡してたんかwww

119：くぅちゃんさん［ネクロアイギス所属］　2xx1／05／10
ちなみに害悪PK集団共もその新鯖で転生してる

120：Airさん［ルゲーティアス所属］　2xx1／05／10
うわ……新規のためのまっさらサバだろ
なのに害悪ゴミ共の移住先になってるのかよ

121：Skyダークさん［グランドスルト所属］　2xx1／05／10
まぁ、サーバー移転サービスが初回のみ無料って時点でそうなる気はしてた

122：ケイさん［ネクロアイギス所属］　2xx1／05／10
そこで始めちゃった新規ちゃんが絶望して直ぐに引退しそう（´・ω・`）

123：嶋乃さん［ネクロアイギス所属］　2xx1／05／10
覇王のいるこの鯖がむしろ平和で安全？

124：猫丸さん［グランドスルト所属］　2xx1／05／10
アイツらやっぱり覇王にイキれないんで逃亡したんやろか

125：Airさん［ルゲーティアス所属］　2xx1／05／10
つかゴミPK共ってロールバックの刑罰でキャラデリしてるはずだろ
なんで新キャラでアイツらってわかったんだよ

126：くぅちゃんさん［ネクロアイギス所属］　2xx1／05／10
IDアカウントの動きと奴らのSNSをツールで監視していた

127：ジンさん［ルゲーティアス所属］　2xx1／05／10
ファッ⁉

128：花さん［グランドスルト所属］　2xx1／05／10
怖っ

129：猫丸さん［グランドスルト所属］　2xx1/05/10
お前も大概ヤベー奴やんけ!!www

130：Airさん［ルゲーティアス所属］　2xx1/05/10
ネットストーカー乙

131：くぅちゃんさん［ネクロアイギス所属］　2xx1/05/10
フレを引退させた奴らは一生許さん

132：隻狼さん［グランドスルト所属］　2xx1/05/10
だがPK実装したのも鳥の死体グラ用意したのも正木

133：えんどう豆さん［ネクロアイギス所属］　2xx1/05/10
ブツ切りすみません
今日始めたばかりなんですが質問いいですか？

134：陽炎さん［グランドスルト所属］　2xx1/05/10

!!

135：カフェインさん［ルゲーティアス所属］2xx1／05／10

いいよいいよ！

136：猫丸さん［グランドスルト所属］2xx1／05／10

おう、なんでも聞いてくれ！

137：隻狼さん［グランドスルト所属］2xx1／05／10

何が知りたいんだい？

138：くぅちゃんさん［ネクロアイギス所属］2xx1／05／10

お前ら急に性格変わった？

139：よもぎもちさん［ルゲーティアス所属］2xx1／05／10

性格変わったは草

140：えんどう豆さん［ネクロアイギス所属］2xx1／05／10

このゲームのサブクエストはホラーが基本なんですか？
それなら怖くてプレイ出来そうにないんですが……

141：カフェインさん［ルゲーティアス所属］　2xx1／05／10
いいえ、ネクロアイギスだけです（真顔）

142：隻狼さん［グランドスルト所属］　2xx1／05／10
ネクロアイギスのサブクエ触っちゃったのか
「うちの子」と「屋根裏」どっち？

143：えんどう豆さん［ネクロアイギス所属］　2xx1／05／10
「墓地の墓守」です

144：ジンさん［ルゲーティアス所属］　2xx1／05／10
え？

145：Airさん［ルゲーティアス所属］　2xx1／05／10
あれホラーか？

146：ケイさん［ネクロアイギス所属］　2xx1/05/10
ただのゾンビじゃん

147：猫丸さん［グランドスルト所属］　2xx1/05/10
いやゾンビはホラーカテゴリやろ

148：Skyダークさん［グランドスルト所属］　2xx1/05/10
パニック枠じゃねぇの？

149：嶋乃さん［ネクロアイギス所属］　2xx1/05/10
作品によるとしか

150：隻狼さん［グランドスルト所属］　2xx1/05/10
俺の中でゾンビはギャグ

151：くぅちゃんさん［ネクロアイギス所属］　2xx1/05/10
ギャグとか言っている奴　ゾンビ無双系やりすぎ問題

152：隻狼さん［グランドスルト所属］2xx1／05／10
なんもかんもデッドラの系譜《けいふ》が悪い

153：マウストゥ☆さん［グランドスルト所属］2xx1／05／10
だよな
バ○オのゾンビを見習って欲しいよな

154：猫丸さん［グランドスルト所属］2xx1／05／10
どっちもゲーム会社同じやんけ！www

155：カフェインさん［ルゲーティアス所属］2xx1／05／10
＞＞えんどう豆
他国のサブクエにホラーはないのでネクロアイギスのは無視してどうぞ

156：えんどう豆さん［ネクロアイギス所属］2xx1／05／10
自国のサブクエストを放置してもいいんですか？

157：嶋乃さん［ネクロアイギス所属］　2xx1／05／10
限定特殊クエスト以外は問題ないよ
報酬は経験値と金、あとは消耗品アイテムぐらいだし
称号コレクターならこのゲームでは網羅《もうら》不可だからやめとけとしか

158：隻狼さん［グランドスルト所属］　2xx1／05／10
自国のサブクエ放置するのが気になるなら、いっそのこと他国にキャラを作り直すのも有り

159：ジンさん［ルゲーティアス所属］　2xx1／05／10
ルゲーティアスだと推理ものが多くてサスペンスで人死に出るんでその点は注意な

160：えんどう豆さん［ネクロアイギス所属］　2xx1／05／10
推理もの!?　好きです！

161：カフェインさん［ルゲーティアス所属］　2xx1／05／10
ただしほぼ犯人はパライソ

162：ジンさん［ルゲーティアス所属］　2xx1／05／10
おいネタバレやめろ（棒）

163：よもぎもちさん［ルゲーティアス所属］　2xx1／05／10
大体黒幕もパライソ

164：Airさん［ルゲーティアス所属］　2xx1／05／10
だからって「この事件もどうせお前が噛んでるんだろ」って突っかかった時に限ってシロだったりするんだよな

165：カフェインさん［ルゲーティアス所属］　2xx1／05／10
そして冤罪《えんざい》により好感度がダダ下がるんですね、わかります

166：Airさん［ルゲーティアス所属］　2xx1／05／10
別に奴の好感度はいらないが、好感度が低いと嫌味連発して煽ってくるようになるからウザい

167：ケイさん［ネクロアイギス所属］　2xx1／05／10

豚さん達にとってはご褒美なのでは？

168：ジンさん［ルゲーティアス所属］　2xx1／05／10
マゾ豚共の話はネタでもやめれ
ルゲーティアススレ、ロリコンと豚が派閥争いの喧嘩して荒れまくってるんだよ

169：ケイさん［ネクロアイギス所属］　2xx1／05／10
うわ……

170：えんどう豆さん［ネクロアイギス所属］　2xx1／05／10
マゾ豚……？　ロリコン……？

171：ケイさん［ネクロアイギス所属］　2xx1／05／10
新規ちゃんは気にしないで！（、・ω・`）

172：隻狼さん［グランドスルト所属］　2xx1／05／10
ルゲーティアス公国には、パライソって称号に関係する上位存在NPCがいてな
そいつに蹴ってくれだの罵《のの》ってくれだのからんでたら、称号名が【パライソの家畜】に

変わって対応もソレ用に変わるって特殊仕様があるＮＰＣなんだよ
そのせいで一部のドＭ変態共に崇拝されているキャラ

１７３：猫丸さん［グランドスルト所属］　２ｘｘ１／05／10
グランドスルトは姉御のおっぱいと今日のカジノレートスレになっとるで

１７４：くぅちゃんさん［ネクロアイギス所属］　２ｘｘ１／05／10
ネクロアイギスは平穏にスピネル陛下万歳スレ

１７５：猫丸さん［グランドスルト所属］　２ｘｘ１／05／10
カフカスレじゃないんかい！
スピネルの奴、上位存在ＮＰＣやないのに人気過ぎやろ

１７６：Ｓｋｙダークさん［グランドスルト所属］　２ｘｘ１／05／10
あのガキは無理難題をグランドスルトにふっかけて圧力かけてくるから嫌いだわ

１７７：Ａｉｒさん［ルゲーティアス所属］　２ｘｘ１／05／10
基本的に上から目線で偉そうなんだよな

貴族の夜会でボロクソ罵ってきた時は死ねって思った

178：ケイさん［ネクロアイギス所属］2xx1／05／10
陛下がデレるのはネクロ所属で義兄姉称号を持っているプレイヤーにだけ！

179：ユキ姫さん［ネクロアイギス所属］2xx1／05／10
ショタどもキモいよ？？？

180：嶋乃さん［ネクロアイギス所属］2xx1／05／10
え

181：くぅちゃんさん［ネクロアイギス所属］2xx1／05／10
は？

182：ケイさん［ネクロアイギス所属］2xx1／05／10
んん⁇

183：チョコさん［ネクロアイギス所属］2xx1／05／10

??（￣・ω・￣）??

184：隻狼さん［グランドスルト所属］　2xx1／05／10
＞＞ユキ姫　ダウト

185：Airさん［ルゲーティアス所属］　2xx1／05／10
コイツやっぱりキャラだけ作ってるエアプ勢かよ……死ね

186：Skyダークさん［グランドスルト所属］　2xx1／05／10
＞＞ユキ姫
これ←最近のお前が唯一擁護系の発言した過去ログな
『＞＞373：ユキ姫さん［ネクロアイギス所属］　2xx1／05／05
こんな個人製作ゲーを大手が気にしてる訳ないってのwww　誇大妄想乙だよ？？？』
あの時、直帰批判の流れでお前だけが直帰を擁護《ようご》していたって気付いてたか？
お前の正体って直帰信者だろ
ゲーム内にまで工作しに来てんの？　クソゲー信者は大変だなwww

187：カフェインさん［ルゲーティアス所属］　2xx1／05／10

自分の巣におかえり直帰姫ｗｗｗ

１８８：Ｓｋｙダークさん［グランドスルト所属］　２ｘｘ１／05／10
俺らも大概正木信者の部類だろうけどな
さすがに相手のゲーム乗り込んで工作するほど良識捨ててないわ

１８９：くぅちゃんさん［ネクロアイギス所属］　２ｘｘ１／05／10
『リザルト：リターン』やってる連中ってこんな害キチばっかなのか正木？

１９０：ジンさん［ルゲーティアス所属］　２ｘｘ１／05／10
良識ある奴はとっくに夢から覚めて引退してるから……（震え声）

１９１：アリカさん［ルゲーティアス所属］　２ｘｘ１／05／10
そんなゴミどうでもいいから新規を放置するなよクソども
＞＞えんどう豆
グランドスルトのサブクエは人死にが出ないぞ
お使い（舎弟《しゃてい》）クエばっかりだがな

192：えんどう豆さん［ネクロアイギス所属］　2xx1／05／10
ありがとうございます！　グランドスルトでキャラ作り直してきます!!

193：ケイさん［ネクロアイギス所属］　2xx1／05／10
ああ……っまたネクロアイギス民が減った……（´；ω；｀）

194：チョコさん［ネクロアイギス所属］　2xx1／05／10
（´・ω・｀）

195：カフェインさん［ルゲーティアス所属］　2xx1／05／10
ネクロ民は5月末の戦争イベントをまともに出来るんですかね？ｗ

196：隻狼さん［グランドスルト所属］　2xx1／05／10
これが公にされてる人口比
1位　ルゲーティアス公国（50％）
2位　グランドスルト開拓都市（40％）
3位　ネクロアイギス王国（10％）

197：猫丸さん［グランドスルト所属］ 2xx1／05／10
ここからさらに参加せん奴もおるんやろ
無理やで

198：真珠さん［グランドスルト所属］ 2xx1／05／10
ネクロアイギスがホントに息してない……;;

199：ルートさん［グランドスルト所属］ 2xx1／05／10
戦争は数だよ！

200：ジンさん［ルゲーティアス所属］ 2xx1／05／10
やる前からルゲーティアスの圧勝じゃん

201：Skyダークさん［グランドスルト所属］ 2xx1／05／10
は？　グランドスルトなめんな

202：カフェインさん［ルゲーティアス所属］ 2xx1／05／10
ルゲーティアスはPVP勢と覇王とPK勢を抱えてるんだゾ、圧勝に決まってるゾ

……覇王が参加するかは知らんが

203：隻狼さん［グランドスルト所属］　2xx1／05／10
いや、PVP勢はグランドスルト民が多い
闘技場がルゲーティアスにあるんで所属国を誤解してる奴多いけど

204：猫丸さん［グランドスルト所属］　2xx1／05／10
ルゲーティアス民は覇王禁止にしてくれや

205：よもぎもちさん［ルゲーティアス所属］　2xx1／05／10
そこは覇王次第なので意味ない

206：カフェインさん［ルゲーティアス所属］　2xx1／05／10
もし覇王が参加するなら禁止にする訳ないんだよなァw

207：ジンさん［ルゲーティアス所属］　2xx1／05／10
味方に覇王がいたら頼るに決まってるだろ！　いい加減にしろ!!

２０８：嶋乃さん［ネクロアイギス所属］２ｘｘ１／05／10
そういや今日くだんの覇王を見てないような

２０９：ケイさん［ネクロアイギス所属］２ｘｘ１／05／10
巡回時間に巡回してなかった

２１０：嶋乃さん［ネクロアイギス所属］２ｘｘ１／05／10
やっぱりそうだよな

２１１：隻狼さん［グランドスルト所属］２ｘｘ１／05／10
正式版初日だから新規に配慮してやめてんのかね

２１２：Ｓｋｙダークさん［グランドスルト所属］２ｘｘ１／05／10
カンストまでレベル上げてんじゃね

２１３：嶋乃さん［ネクロアイギス所属］２ｘｘ１／05／10
ログインはしてるっぽい
どこにいるんだろ

第4話　彫金師ギルド・リビアングラス協会

ガタンゴトン。

現在地、坑道。ツカサはトロッコに乗っていた。何故か屈強な鉱山夫達に乗せられたのである。

彼らはトロッコを押したり、談笑しながらトロッコの隣を歩いていた。楽ではあるが、正直なところ1人トロッコは恥ずかしい。

彼らはゲームキャラクターの山人《やまびと》種族で2mの高身長。一方、種人擬態人であるツカサは130cmで大人と子供以上の差があった。この扱いはそのせいなのだろう。

少し前。グランドスルト開拓都市の散策を始めて、最初に見つけたのは採掘師ギルドだった。和泉とはパーティーを組んだままそこで別れ、ツカサは都市の中央広場一等地にある彫金師ギルドへと1人で向かった。

レンガ造りの西洋風な建物。意匠を凝らしたトウモロコシ畑を描く石膏のレリーフ。岩を切り崩して作ったような無骨な家並みの都市で、酷く浮いている古代神殿風の荘厳な建造物からは既視感があった。

――《彫金師ギルド・リビアングラス協会》――


その文字が浮かんで消えた瞬間に思った。

(神鳥獣使いギルドの建物に似てるなぁ。それにギルドに名前がある)

他の職業ギルドには名称がない。ここにだけあるのだ。

(グランドスルトのメインに関わる重要なギルドなのかな……?)

しかしツカサの既視感は、ギルドに足を踏み入れてカウンターに近付くにつれ、驚愕へと塗り変わっていった。

(受付の人が見えない……!!)

カウンターの台が高くて、ツカサの身長では受付の砂人男性が見えなくなった。非常にショッキングな事実である。茫然と見上げていると、受付の砂人男性がわざわざカウンター台から身を乗り出して下を覗き込んでくれた。

「おや、種人とは珍しいです。ネクロアイギス王国からですか?」

「は、はい」

「彫金師ギルド。リビアングラス協会にようこそ。建物も家具も、山人と砂人の基準で驚いたでしょう。種人用折りたたみ脚立、いります?」

「あっ、はい」

「3000Gです、まいど」

受付の砂人男性はニンマリと人の悪そうな笑みを浮かべる。その笑みを見て、高い値段でふっかけられたと気付いたが、素直に払うことにした。

砂人男性は、ツカサに木の折りたたみ脚立を渡すと、ピシッと伸ばしていた背筋をダラリと猫背に変えて、のんきに口笛を吹いている。

オオルリが華麗にカウンター台に乗った。ツカサは脚立を立てて上がってみたものの、カウンターになんとか顔を出せたぐらいにしか高さは改善されなかった。少ししょんぼりと視線を下げる。

オオルリはツカサの様子を気遣ったかどうかはわからないが、カウンターから降りて、ツカサの肩へと乗り直した。ふかっとした羽根が頬に触れると和む。

そんなツカサに、砂人男性は頬杖をつきながら見下ろしつつ尋ねた。

「それで、本当にうちに入るんですかね？」

「は……入ります」

「了解です」

《『現職』と『サブ職業』が解放されました。『彫金師』の職業につきました！》
《称号【彫金師の見習い】を獲得しました》
《称号の報酬として、スキル回路ポイント5を手に入れました》

《【基本生産基板】に【鉱石採集（生産）LV1】（5P）スキルが出現しました》
《『現職』に『彫金師』がセットされました。『神鳥獣使い』の職業に戻る時は、ステータスでセット変更してください。一部装備が初期装備に変わっています》

ツカサの肩に乗っていたオオルリが消えて、見習いローブも初期の服に変わった。ベルトに下げていた古ファレノプシス杖も消えている。所持品内に別枠としてある装備品欄にはあるので、装備が外れただけだ。

砂人男性はさらさらと手元の書類にペンをすべらせ、それから顔を上げてツカサに首を傾げる。

「今から彫金やり始めます？」

釣られて少しだけ首を傾げながら頷く。すると、砂人男性が天井に向かって怒鳴った。

「初心者鉱山1名ー!!」

「観光かー!?」

「入会ー!!」

「わーたッ!!」

2階からの怒鳴り返し声の応酬の後、ツカサは1階の受付に降りてきた屈強な山人男性に都市の中にある鉱山の一つに連れていかれたのだった。

そして現在、坑道――1人トロッコ中なのである。

3人の山人男性の鉱山夫は、トロッコにツカサを乗せてどんどんと奥へと進む。坑道の通路はところどころカンテラが設置されていて案外明るい。そして部屋のように掘って空間を広げられている一角にくると、トロッコを止めた。

そこでは木箱やピッケルなどの道具、机、坑道地図やチョークなどが無造作に置いてある。ところどころに掘り出した石を小山のようにして盛ってあった。

ツカサは脇の下に手を入れられ、抱き上げられてトロッコから降りる。とても恥ずかしかった。

「……ありがとうございます」

「なんだ坊主、しっかりしてるなー！」

「ばっか、おめぇ種人だぞ？　赤ん坊みたいなナリだが成人してんだよ！」

（あ……赤ん坊……!?　そこまで幼い見た目じゃないはずだけど!?）

たとえ話とわかっていても、あけすけな言い方に内心で動転する。

「嬢ちゃんじゃねーのか！　種人は少女しか生まれない種族だと思ってたぜ、ワッハハハ!!」

坑道内に大きな笑い声がわんわんと木霊《こだま》する。ツカサは彼らの声の大きさに、軽くクラクラした。

とにかく見た目も仕草も声も豪快なのだ。

「よっしゃ！　これから鉱石探しだぞ」

「頑張れよ、ちびっ子！」

「ふはははっ、ここのはいくら拾ってもいいからなぁ！」

ツカサは小山に盛られた小粒の石のところに連れていかれる。石をじっと見つめると、モンスターのように石の名前が空中に浮かぶ。大まかに『石』と『銅鉱石』『鉄鉱石』だとわかった。

横からひょいっと太い手が伸びて2つの石を握ると、それをツカサに差し出す。ツカサは遠慮がちに両手を出して受け取った。

「左が『銅鉱石』で右が『鉄鉱石』だ！　この2つの鉱石をここから見つけて袋に仕分けして入れるんだぜ。ただの石はいらんぞ！」

「何個くらいですか？」

「20ぐらいだな！　もっとでもかまわんぜ！」

ニカッと歯を見せて笑った山人男性から麻袋を4つ渡された。

「4つ？」

「予備だ予備！　もっと入れたかったらそっちに入れる用だな。彫金師やるなら材料の鉱石の目利きぐらい出来んと格好がつかんぞ！」

「そーそー！　まぁ、鍛冶師が精錬した金属を買って作るんだけどな!!」

「目利き持つ意味ないよな！　でも本物を知る目はいるぞ、ガハハハ!!」

（目利きからって本格的だ。あっ、だから生産にも目利きのスキルがあったのか）

「ピッケルで掘らなくてもいいんですか？」

「そりゃ採掘師の仕事だ！　彫金師は持っててても小ぶりのハンマーやスコップぐらいだぞ！」

どうやら拾うだけなのは、生産職業だからのようだ。ピッケルで掘る体験は、採掘師にならないと出来ないらしい。

（見つけて入れるって言われたけど、全部名前が表示されてる）

困惑しながら麻袋に銅鉱石を入れたら、麻袋を素通りして床に落ちた。

（入れられない⁉）

何度か試しても同じだった。試しに所持品に入れようとしてみると、注意文のブラウザが出る。

《所持品に入れられるものがありません》

（あ！　そっか、スキルがないから入れられないんだ）

先ほど出現したスキル【鉱石採集（生産）】を5ポイント使って取得する。そうすると、落ちてばかりいた銅鉱石がすんなりと麻袋に入れられた。

初回報酬5ポイントのスキル回路ポイントは、そもそもこのスキルを必ず取るようにとのことなのだろう。

（それで、このポイントを戦闘しかしない人は戦闘スキルに使うんだね）

以前、和泉が教えてくれた話を思い出した。効率的なのだろうが、真似はしたくないと思ったものだ。

リンッ、と鈴の音が鳴った。


《既に上位スキル【古代鉱物解析】と【古代岩石解析】を取得しているため、【基本生産基板】に

んでした》

【鉱物目利き（生産）ＬＶ１】（３Ｐ）【岩石目利き（生産）ＬＶ１】（３Ｐ）のスキルが出現しませ

（メインストーリーで生産職業のルートを選ばなかった場合は、ここで覚えるものなんだ）

しかも〝出現〟だ。出現したスキルを得るためには、スキル回路ポイントを消費しなければならない。そのポイントが必要ないメイン派生クエストの読書の影響はやはり大きいと思う。

そして目利き関係のスキルを持っていないのに、最初から鉱石の名前が見えていたのは【古代鉱物解析】と【古代岩石解析】スキルを持つからだと気付いた。

３人の山人男性達は、椅子に座って酒盛りを始めている。急かされることもなく、ツカサはのんびりと麻袋に銅鉱石と鉄鉱石を入れ続けた。

不意に、崩した石の小山の中から別の鉱石を見つけた。

（あれ……『自然金』もある）

２㎝ほどの小粒の石である。光ってもいないし、黄色い石でもない。ぱっと見は黒い石ころで『自然金』と名前が出ていなければ、ツカサもただの石ころだと思っただろう。

（表面が他の石の成分に覆われているから、こんな色になっているのかな）

削れば黄色い部分が出てくるのかもしれない。

（価値はないだろうけど、ただの石じゃないから一応拾っておこう）

３つ目の麻袋に自然金を入れた。

銅鉱石と鉄鉱石を20個集めて、彫金師ギルドへと戻る。

一緒に帰って来た山人男性達は顔を赤らめて、へべれけだった。酒臭さに受付の砂人男性が顔をしかめながらも、ツカサから受け取った麻袋の中身を確認する。

「ちゃんと取れてますね。っていうか、石が一つも混じってませんね。すごいんじゃないですか？」

「ありがとうございます」

とても適当な感じでお世辞を言われたが、褒められたのは素直に嬉しい。

「じゃ、次は道具です」

カウンターに大きなベージュ色のトランクと茶色のトランクが置かれる。彼はトランクを開けると、顔だけ出すツカサにも見えるようにナナメに持って見せてくれた。ベージュのトランクの中にはハンマーや小ぶりのピッケルっぽいもの、スコップにゴーグルにルーペ、ふるいや皿が入っている。

「こちら、鉱物採取用の道具一式です。しめて1万5000Gです。買いますか？」

「は、はい！」

続けて見せてくれた茶色のトランクにはコンパスやノギス、リングゲージやサイズ棒に糸のこぎり、ヤスリにニッパーにタガネに金槌《かなづち》、毛バケ——他にも鋭い棒が複数入っていたり、見たことのない機械らしきものがたくさん詰まっていた。

「そしてこちらが彫金師用の基本的な道具一式です。3万Gです」

「3万!?　か……買います……」

生産はお金がかかると聞いていたが、本当にたくさん必要だ。これから物を作るのにも素材代が必要になってくる。

「お買い上げありがとうございます。では早速道具を揃えますか？」

「え!? あの、これが道具なんじゃ……？」

「ヤニとタガネは自作するもんです。他人が作った一般市販のタガネは、自作の物が揃うまでのつなぎに過ぎませんよ」

「道具を揃えるのに、道具が要るんですか」

「鍛冶師と彫金師は、自分の道具製作を極められて一人前です。さあ、近所の鍛冶師ギルドへ行って、タガネの材料の鋼の棒を数本買ってきてください」

こうしてツカサは、今度は鍛冶師ギルドへと向かうことになった。

第5話　新規同士の交流と、戦争イベント前哨《ぜんしょう》戦の公開スイッチ

鍛冶師ギルドは斜め向かいにあった。本当にご近所である。

地図を見れば陶芸師ギルドと民芸師ギルドも近くにあるようなので、生産職業はこの近隣にまと

まっているのだろう。

鍛冶師ギルドは、岩を削って部屋を作り、レンガや石膏などで装飾を足して補強しているようなグランドスルト開拓都市特有の建物だった。入り口付近には全身緑色の個性的なプレイヤーがいて、手に金属の棒を持ち、どこか所在なさげに立っている。

少し緊張しつつ、ツカサはそのプレイヤーの前を通り過ぎた。緊張していたのは相手も同じで、ツカサが近くを通った際にビクッと身体を硬直させたように思う。

鍛冶師ギルドに入ると、一瞬石のヒンヤリとした冷たさを感じたが、少しでも動くとムアッとした熱気に包まれ、とても熱かった。受付のカウンターもなく、入って直ぐ工房となっていて、何人もの山人男性がそれぞれの釜や台の前に陣取って作業を黙々とこなしている。人は静かだったが、鋳造や精錬をする金属音は騒がしくて活気があった。

ツカサの姿を目にした1人が、ゴーグルを取って手を止めた。がなるようにツカサへと声を張り上げる。

「彫金師だなー!!　なんの用だー!?」

「鋼の棒を買いにきました」

「あー!?　なんだってー!?」

「ハガネの棒をー！　買いにきましたー！」

相手に合わせて大きく声を張り上げた。声が届いたのか、ゴーグルの彼は頷きながらツカサに近寄ってきて、ツカサの足下付近に無造作に置いてある木箱を指差した。そんなところに商品があるとは思わず、「わっ」とツカサは驚きの声を上げて後ずさる。

「何本ほしいんだ？」

「タガネを作るんですが、どのくらいあればいいんでしょうか」

「そりゃ、アンタの腕次第だな！　そういや、ちょうどいい。おーい！　えんどう豆よ！　お前タガネの株（鋼の棒）を作ってただろう。この彫金師見習いに売っちまえよ」

「お、おお……っ」

ぎこちない返答が入り口からした。先ほどからいるプレイヤーだ。

「アイツから買ってやってくれ。鍛冶師になったばっかりの見習いだが物はいいぞ」

「わかりました。ありがとうございます」

丁寧にお礼を言って、鍛冶師ギルドの建物を出る。緊張しつつも、改めて青色ネーム『えんどう豆』に話しかけた。

「初めまして、彫金師のツカサです。良かったら鋼の棒を売ってくれませんか？」

「初めまして……うんっと、え、えんどう豆です。あの俺、相場とか全然わかんないんだけど……」

相場はツカサもわからない。急いで左上に表示される小さな地図を見る。直ぐ近く――彫金師ギルドの目の前にある石の案内板が、マーケットボードにアクセス出来るものだと知った。

（あ。そっちを利用して買うと早かったのかな）

そうは思ったが、今更である。

「僕も相場は知らないので、マーケットで価格を調べてからトレードしませんか？」

「このゲーム、マケボあったの⁉」

えんどう豆は驚きと喜びを含んだ叫びを上げた。

「ありますよ。メインストーリーを全然進めてないんですか？」

「えっ、あ……ＭＭＯだし、知らない人とＰＴ組むのが怖いから触らずに生産やっちゃってて」

彼の言い分は酷く不思議なものだった。少なくとも他の人と一緒に遊んだり話したりしたい人がこの手のゲームを遊び始めるものだとばかり思っていたので、ツカサは驚いた。

「僕もそんなに進めてないんですけど、とりあえず三国移動出来るところまでは進めた方が便利だと思います」

「ソロでも出来そう？　ＰＴ戦闘とかありますか？」

「メインストーリー自体１人用で、僕は戦闘職で進めましたけど、生産職のルートでクリアしました。戦闘もなかったです。攻略サイトによると採集や生産職業の姿でも進められるものらしいです」

「マジで⁉　移動とマケボか、じゃあやらないと……」

「あと所属国の仮の家と倉庫も手に入ります」

「倉庫‼　うわっ、それ今超ほっしてる！　物作ってると、もう所持品いっぱいで身動き取れなくって。手に持てる分だけ所持品に入らなくても持ち物になっていることに気付いて、持ってたんだけど――」

えんどう豆はそう言って、手に持つ鉄や鋼の棒を見て肩を落とす。

「折角作ったのに、ＮＰＣに安値で売り払うのもなんかアレな感じで手放せなくって……。マケボは見当たらないし、やっぱ個人製作のインディゲームだからこんなもんかって。だからって知らない人間に声をかけて物を売るなんて怖くて全然無理で……。もうこのゲーム詰んだかなって思ってた、んです」

「インディゲームだから、マーケットボードがないって思ったんですか？」

「うん。ほら、ＭＭＯってよくいるじゃないですか。不便を美徳みたいに賞賛するプレイヤーがさ。その手のＭＭＯ好きが作ったゲームなのかなって……ＰＫあるし」

「僕はこれが初めてなのでよくわからないですが、ＰＫは怖いけど今のところこのゲームに不便さは感じてません。楽しいです」

「そっか……うん、そうだな。ちょっと身構えすぎていたかもしれないです。最初に触ったサブクエストが怖かったんで、かなりこのゲームをうがって見ていた気がする」

えんどう豆はマーケットボードを解放していないので、マーケットボードから買うことも売ることも出来なかったが、見ることは出来た。なので、互いに値段を確認して鋼の棒を１本２５０Ｇで10本売ってもらう。

それからツカサは、人と遊ぶ気がないえんどう豆がＭＭＯをする理由が気になったので思い切って尋ねてみた。

すると、えんどう豆は恥ずかしそうに教えてくれた。

「他のプレイヤーが歩いているって空間が好きなんですよ。オフゲはＮＰＣしか歩いていないから、街中が街っていう空気感がない……オンゲの感動がなくて。人がいる空間でただ遊ぶのが良いっていう俺みたいなソロ専は結構いると思う」

話しているうちに、えんどう豆の語りもヒートアップしてくる。ＭＭＯに対して、彼なりに真剣な熱い思いがあるようだ。

「たまに人同士の会話がないオンゲをクソゲだとかこき下ろす人間がいるけど、そいつらの声がでかいだけなんですよ。俺みたいな話さないプレイヤーは昔から結構いるのに、身内で話してるあいつらは、発言しない俺らを同じプレイヤーだと見なしてないどころか、いないものとして扱ってるのが本当腹立つ……！　ゲームの中でまで人付き合いに気を遣いたくないから野良でやってくってる人も多いのにさ、二言目には『交流しないならオフゲやってろ』って！　こっちの勝手だろう、好きに遊んだって！」

ひと通り愚痴《ぐち》を吠えたえんどう豆は、ツカサの存在を思い出してハッとすると恥ずかしそうに俯いた。それからそそくさと売買を終わらせる。

ツカサの方も、えんどう豆がツカサと話すことに終始緊張していると、砂人男性なので尻尾の下がりっぷりなどからも察せられたので、早めに別れることにした。

えんどう豆は交流が苦手なりにエモートで頭を下げたり手を振ったりと挨拶を何度もしてくれて、ツカサもエモート返しをたくさんする機会になって楽しい交流だった。

（空気感、かぁ。雰囲気を楽しむ……。ゲームの楽しみ方一つとっても、色々な考えの人がいるんだなぁ）

ツカサはまさに山村の外の人との交流のためにゲームを始めた人間なのだが、彼も決してツカサのようなプレイヤーを否定しているわけではなかった。ただ、否定されたくないから怒っていたのだと感じたので、えんどう豆がソロでこのゲームを楽しくプレイ出来ればいいなと思った。

こうして彫金師ギルドへ戻る。ギルドに足を踏み入れたところ、受付の砂人男性が麻袋から自然金の粒を出して凝視している姿が目に入った。眉間に皺を寄せ、険しい表情に見えたので、採集してはまずかったのかとハラハラしながらカウンターに近付く。種人用折りたたみ脚立を出して上がると、彼は低い声音でツカサに問う。

「……これは、さっきの鉱山で？」

シャキンッ！　と鋭い音が鳴った。


《秘匿ワールド越権クエスト『グランドスルト開拓都市の分解』を発掘しました！

発掘者である貴方はネクロアイギス王国所属です。

これはグランドスルト開拓都市の重要クエスト内容を変化させる他国越権クエストです。このクエストを発動することで、情勢変化により、以下のクエスト内容が変わります。
・グランドスルト開拓都市メインストーリー『巨万の三宝』
・期間限定イベント『ネクロアイギス王国VSルゲーティアス公国VSグランドスルト開拓都市——三国領土支配権代理戦争』
他国の貴方に影響はありません。発掘したクエストを発動しますか？

発動する場合は『はい』を、発動しない場合は『いいえ』をNPCに返答してください》

（ええっ⁉）

突然のアナウンスにギョッとする。しかも、グランドスルト開拓都市所属のプレイヤーに影響があると言われて触るのが怖い。

どうしても自分1人では判断が出来ないので、人と相談することにした。フレンド全体チャットを立てる。フレンド全体チャットは最初に立てた人のフレンド情報を基準にしていて、他の参加者同士がフレンドでなくても、最初に立てた人が全員とフレンドなら会話が出来るものだ。

ツカサ：こんばんは。お手すきの方、相談にのってください
　　　　秘匿ワールド越権クエストというものを見つけました
　　　　それを発動するかどうか聞かれています
　　　　グランドスルトのお話と戦争イベントに影響が出ると説明され、
　　　　発動しない方がいいのではないかと迷ってます
和泉：そんなクエストあるんだ⁉
雨月：こんばんは。どこで出た？
ツカサ：グランドスルトの彫金師ギルドです
雨月：ＮＰＣベナンダンティの反応は？
ツカサ：受付の人か鉱山に連れていってくれる男の人達ですか？

違うなら知り合っていません
雨月　：キャシーとも？　なら称号は歪まないな
発動しても平気だと思う
ソフィア：こんばんは！　正式版の新クエストだね♪
発動しちゃえ☆(*゜▽゜*)ノGOGO！
和泉　：私も折角だから発動してもいいんじゃないかなって思う
雨月　：ネクロアイギスはこのまま戦争イベント当日を迎えると
負けるから丁度いい
ツカサ：そうなんですか？
和泉　：!!（゜□゜ノ；）ノ
ソフィア：やっほー雨月！　改めて初めましてのソフィアだよ♪
雨月はイベントに参加するのかな？　(*゜ᴗ゜*)ワクワク
ちなみにソフィアは隠密謀略部隊として参加中なの
雨月　：俺もフリーで参加している
ソフィア：フリー？
雨月　：ＰＫは秘匿期間限定クエスト『二重スパイ』が発動中
ルゲーティアスに流刑になった元ネクロアイギスと
移籍組の元グラングドスルトの人間が対象

最終的に元の所属国に戻るかルゲーティアスに留まるかの
選択が出来るようになるクエストだ
このクエスト参加者は所属国掲示板が閲覧不可になっている
ソフィア：ソフィア達と似た条件だね！
お互い戦争事前クエスト頑張ろー☆
ちなみにその参加者のＰＫがどこにいるか聞いてもいい？
雨月：深海地下施設
和泉：深海⁉
ツカサ：海にも地下あるんですね
ソフィア：わぁっ楽しそう♪　道理で要注意対象の姿見ないと思った☆
教えてくれてありがとー！
(*ﾟ▽ﾟ*)ﾉｼ　いけたら暗殺者を襲撃させるねー！
雨月：浸水ギミックが面白そうだから待ってる
和泉：(((。□。;)))
ツカサ：みなさん、相談にのってくださってありがとうございます
やってみます！

チャットで後押しされてクエストを発動することにした。改めて受付の砂人男性に向き直り、口

を開く。

「――『はい』っ」

「この鉱石がなんだか知ってます？」

「自然金です」

「おっと」

砂人男性は自然金の小粒を手の中に握り込んで、人差し指を口元にやる。シーッと、秘匿することを仕草で促された。彼はニヤリとあくどい笑顔を浮かべる。


《秘匿ワールド越権クエスト『グランドスルト開拓都市の分解』が発動しました！

グランドスルト開拓都市【巨万の立役者】以上のメインストーリーが変化し、全所属プレイヤーのストーリー進行度が巻き戻ります。

また期間限定イベント『ネクロアイギス王国VSルゲーティアス公国VSグランドスルト開拓都市――3国領土支配権代理戦争』の前哨戦の存在を正式に告知いたします。

前哨戦となる事前諜報クエストや事前準備クエスト、さらには国の情勢まで変えてしまうワールド越権クエストが全ての所属国にあります。隠されたクエストを探して、当日までに自国の貢献度ポイントを稼ぎましょう！　戦争の結果にかかわらず、貢献度ポイントの高い人物はハウジング領地の優先購入権利がキャラクターに付与されます！

現在の前哨戦結果：ネクロアイギス王国……1540P

ルゲーティアス公国……20P
グランドスルト開拓都市……760P》
《ネクロアイギス王国・戦争貢献度：1000Pを得ました！》
《発動報酬：経験値10000、通貨10万Gを獲得しました》
《彫金師がLV4に上がりました》

「えっ……」


「えええぇぇぇッ！！？！」

「正木いいいぃいいぃい！！！？」

外から悲鳴のような大絶叫が上がる。あまりの事態と騒ぎ声に、ツカサは真っ青になった。

第6話　ゲーム内掲示板11（総合）

プラネットイントルーダー総合掲示板Part258

401：陽炎さん［グランドスルト所属］ 2xx1／05／10
!?
＞＞《秘匿ワールド越権クエスト『グランドスルト開拓都市の分解』が発動しました！
グランドスルト開拓都市【巨万の立役者】以上のメインストーリーが変化し、全所属プレイヤーのストーリー進行度が巻き戻ります》

402：ブラディスさん［グランドスルト所属］ 2xx1／05／10
（゜ロ゜）

403：まかろにさん［グランドスルト所属］ 2xx1／05／10
え？

404：花さん［グランドスルト所属］ 2xx1／05／10
へ？

405：隻狼さん［グランドスルト所属］ 2xx1／05／10
待って……ちょ　まさ正木!?

406：ルートさん［グランドスルト所属］　2xx1／05／10
エエエエエえええええ！！！！？

407：真珠さん［グランドスルト所属］　2xx1／05／10
巻き戻るって何⁉　なんのこと正木⁉

408：マウストゥ☆さん［グランドスルト所属］　2xx1／05／10
ハアアアアアァァァァ⁉

409：ジンさん［ルゲーティアス所属］　2xx1／05／10
プラネにワールドクエストなんてご大層なものが実装されてたんだな（他人事）

410：嶋乃さん［ネクロアイギス所属］　2xx1／05／10
ワールドアナウンス？　でいいのか？
これも正式版で追加された要素かな

411：アリカさん［ルゲーティアス所属］　2xx1／05／10

いや、古参の継続プレイヤーはワールドアナウンス自体は初見じゃない
ベータからあった

412：嶋乃さん［ネクロアイギス所属］　2xx1／05／10
あったっけか？

413：ジンさん［ルゲーティアス所属］　2xx1／05／10
俺も記憶にない（無知）

414：カフェインさん［ルゲーティアス所属］　2xx1／05／10
果たしてそうでしょうか……？
>>《プレイヤー名『雨月』が脱獄に成功しました。修正終了前に脱獄したため、『雨月』が脱獄によって取得した武器にはデスペナルティの下方修正が適用されません。
『雨月』が【脱獄覇王】の烙印を押されました》
>>SS（当時のアナウンスログのスクショ）

415：よもぎもちさん［ルゲーティアス所属］　2xx1／05／10
草

416：ジンさん［ルゲーティアス所属］ 2xx1／05／10
ああ!? 覇王のやつか！ 確かに見てたわ!!www

417：嶋乃さん［ネクロアイギス所属］ 2xx1／05／10
なるほどw

418：アリカさん［ルゲーティアス所属］ 2xx1／05／10
ところでグランドスルト民どうなった？

419：Skyダークさん［グランドスルト所属］ 2xx1／05／10
称号**【巨万の英雄】**↓**【巨万の立役者】**に落ちた
マジでメインストーリーやり直し確定

420：Airさん［ルゲーティアス所属］ 2xx1／05／10
別にレベルを下げられた訳じゃないんだろ？ なら直ぐに巻き返せるじゃん
なんならメインの経験値もらい直せる分、レベル上げがはかどりそうで羨ましいわ
誰か他国の奴、ルゲーティアスの越権クエ踏んでくれ

421：Skyダークさん［グランドスルト所属］　2xx1／05／10
は？

422：ミントさん［ルゲーティアス所属］　2xx1／05／10
俺もルゲーティアスの選択肢でやり直したいのあったんだよなぁ

423：マウストゥ☆さん［グランドスルト所属］　2xx1／05／10
メインストーリーまたやり直すの面倒くせぇ！
お前ら当事者じゃないからそんなふうに言えるんだぞ

424：バルトラさん［グランドスルト所属］　2xx1／05／10
なんだこのクソゲー（^^;）

425：花さん［グランドスルト所属］　2xx1／05／10
うわー……もう、うわー！

426：猫丸さん［グランドスルト所属］　2xx1／05／10

本当この仕打ちなんやねん……

427：ブラディスさん［グランドスルト所属］　2xx1／05／10
まだ許容範囲だな
ブラディス事件を乗り越えてきた自分としては生ぬるいかなって

428：隻狼さん［グランドスルト所属］　2xx1／05／10
まだ許容範囲だな
覇王殺戮《さつりく》闘技場を乗り越えてきた自分としては生ぬるいかなって

429：ルートさん［グランドスルト所属］　2xx1／05／10
まだ許容範囲だな
ロールバックを乗り越えてきた自分としては生ぬるいかなって

430：ブラディスさん［グランドスルト所属］　2xx1／05／10
（゜ д゜）

431：嶋乃さん［ネクロアイギス所属］　2xx1／05／10

お前らやめろやｗｗｗｗｗｗ

４３２：隻狼さん［グランドスルト所属］　２ｘｘ１／05／10
あ、ちょっと待て
メインストーリーやり直す奴はスキップボタンが出るけど押すなよ
鉱山の利権の話がだいぶ変わってる
まさかのキャシー姉御が金鉱の利権を握ってるっぽい？
これ前に見たってスキップしたらメインの話がわからなくなるぞ

４３３：陽炎さん［グランドスルト所属］　２ｘｘ１／05／10
＞＞《このメインストーリーは以前見ました。選択肢まで時間を飛ばしますか？》

４３４：花さん［グランドスルト所属］　２ｘｘ１／05／10
見てないです

４３５：ジンさん［ルゲーティアス所属］　２ｘｘ１／05／10
ワロタ

436：隻狼さん［グランドスルト所属］　2xx1／05／10
親切な便利機能に見せかけた巧妙な罠ボタン＞＞《時間を飛ばしますか？》

437：花さん［グランドスルト所属］　2xx1／05／10
時間が巻き戻った理由が普通にメインストーリーにあるんだけど……どうなってんの？
まさかこれが正史なん？

438：Airさん［ルゲーティアス所属］　2xx1／05／10
理由ってなんだ？

439：隻狼さん［グランドスルト所属］　2xx1／05／10
パチノ博士のタイムマシン試作機を鍛冶師ギルドの地底から発掘。それにプレイヤーが近付いたことで突然稼働。タイムマシンの暴走に巻き込まれた結果って話になってるな

440：嶋乃さん［ネクロアイギス所属］　2xx1／05／10
えっ、それってルゲーティアスとネクロアイギスならどういう話になるんだ
他の国にパチノ博士みたいな便利存在いたっけ

441：猫丸さん［グランドスルト所属］　2xx1／05／10
ネクロアイギスは知らんが、どうせルゲーティアスは時間戻ったところで「はいはい、パライソパライソ」でお前ら納得するやろ？

442：アリカさん［ルゲーティアス所属］　2xx1／05／10
もうやる前から納得したわ

443：カフェインさん［ルゲーティアス所属］　2xx1／05／10
説得力ぱない

444：よもぎもちさん［ルゲーティアス所属］　2xx1／05／10
パライソ先輩の安定感よ

445：Airさん［ルゲーティアス所属］　2xx1／05／10
プラネ世界の黒幕でありラスボスだからな

446：ジンさん［ルゲーティアス所属］　2xx1／05／10
あいつなら（時間巻き戻しも）やると思ってた

447：バルトラさん［グランドスルト所属］　2xx1／05／10
大体誰だよ！　この忙しい時に越権クエなんてもん踏みやがったのは⁉

448：Airさん［ルゲーティアス所属］　2xx1／05／10
犯人探しは意味ない

449：バルトラさん［グランドスルト所属］　2xx1／05／10
なんでだよ　さてはお前か？

450：Airさん［ルゲーティアス所属］　2xx1／05／10
は？　馬鹿は黙ってろカス

451：バルトラさん［グランドスルト所属］　2xx1／05／10
うるせぇよゴミカス

452：アリカさん［ルゲーティアス所属］　2xx1／05／10
最初に言っとく

越権クエ踏んだ奴は別に名乗る必要ないからな
運営が仕込んでいる公式なイベントだ
大いにやれ、誰だろうと見つけたら無言で踏みつけろ

453：ルートさん［グランドスルト所属］　2xx1／05／10
ヒャハッー！　祭りだ祭りー！

454：嶋乃さん［ネクロアイギス所属］　2xx1／05／10
俺はプレイヤーが踏まないでこの戦争イベント終わらせた方が厄介な気がしてる

455：ジンさん［ルゲーティアス所属］　2xx1／05／10
後日起動しそう（白目）
6月にこれやられたら今のダメージの比じゃない

456：Airさん［ルゲーティアス所属］　2xx1／05／10
正木ならやりかねないからな

457：くぅちゃんさん［ネクロアイギス所属］　2xx1／05／10

いやガチでイベント後に起動すると思うぞ、正木は
あいつは折角仕込んだ仕掛けが放置されてんのが耐えられん性分の男

458：猫丸さん［グランドスルト所属］　2xx1／05／10
ならプレイヤーが踏む方が健全やな
イベント中ならプレイヤーの利益になるやろ

459：ジンさん［ルゲーティアス所属］　2xx1／05／10
しかも今なら打撃があるのはベータ勢だけw

460：ケイさん［ネクロアイギス所属］　2xx1／05／10
本当だ
新規は今だとノーダメだね（;´ω;`）

461：猫丸さん［グランドスルト所属］　2xx1／05／10
正式版初日やからな
むしろ発動が後になればなるほど被害者に新規が参入するんやで

462：ケイさん［ネクロアイギス所属］　2xx1／05／10
誰か！　ネクロアイギスのを早く見つけて発動させてください！

463：マウストゥ☆さん［グランドスルト所属］　2xx1／05／10
早く終わらせてもネクロアイギスの新規は増えないから安心しろ^^

464：隻狼さん［グランドスルト所属］　2xx1／05／10
だが人口比とは何だったのかってデータも出されたな
ネクロアイギスは新規いなくても平気じゃないか？
＞＞《現在の前哨戦結果：ネクロアイギス王国……1540P
ルゲーティアス公国……20P
グランドスルト開拓都市……760P》

465：嶋乃さん［ネクロアイギス所属］　2xx1／05／10
おや……？　ルゲーティアスの様子が……？w

466：猫丸さん［グランドスルト所属］　2xx1／05／10
B連打せんでも進化不可やで

467：ルートさん［グランドスルト所属］　2xx1／05／10
ルゲーティアス雑っ魚っっっっっ!!wwwwwwwww

468：ケイさん［ネクロアイギス所属］　2xx1／05／10
ネクロ民の素直な心境　ｴｪｪｪ(、□、)ｪｪｴｴ

469：カフェインさん［ルゲーティアス所属］　2xx1／05／10
ネクロアイギス暗躍しすぎでしょう……？

470：ケイさん［ネクロアイギス所属］　2xx1／05／10
いやいや、本当に自分達何も知らないんだけど!?

471：嶋乃さん［ネクロアイギス所属］　2xx1／05／10
戦争クエストがあるなんてアナウンスで初めて知った

472：花さん［グランドスルト所属］　2xx1／05／10
これまさか暗殺組織ギルドが動いてる……？

473：Ｓｋｙダークさん［グランドスルト所属］　2xx1／05／10
ネクロアイギスの独走に関しては、他に裏で動いている集団がそれしか考えられない
クエスト触ってないっていうネクロ民の発言を鵜《う》呑みにするならだけどな

474：真珠さん［グランドスルト所属］　2xx1／05／10
えー、グランドスルトのポイントも結構謎だよ
戦争クエストの話なんて全然グランドスルトスレで話題に上がってないし
「どこ」で一体「誰」がうちのポイント稼いでるんだろう

475：バルトラさん［グランドスルト所属］　2xx1／05／10
おい、ここで話すな

476：真珠さん［グランドスルト所属］　2xx1／05／10
ごめん

477：マウストゥ☆さん［グランドスルト所属］　2xx1／05／10
続きは三国それぞれのスレでな

第7話　ゲーム内掲示板12（ネクロアイギス王国）

プラネットイントルーダー ネクロアイギス王国掲示板Part1

90：桜さん［七方出士］　2xx1／05／10
(ˋ-ω-ˊ)うーん、一応当たってみたけど神鳥獣使いで参加してくれる人いないね

91：チョコさん［召魔術士］　2xx1／05／10
うん……(´・ω・｀)

92：桜さん［七方出士］　2xx1／05／10
(ˋ-ω-ˊ)タンクならOKな人はいるんだけど、でもみんなメイン職業で参加したいよね
強制したくないなぁ

93：ムササビXさん［弓術士］　2xx1／05／10
(´-ω-`)【朗報】暗殺組織ギルド参加してるかも

94：桜さん［七方出士］　2xx1／05／10
(´-ω-`)本当⁉

95：ムササビXさん［弓術士］　2xx1／05／10
(´-ω-`)総合で話題になってる。←この数値からの推察
＞＞《現在の前哨戦結果：ネクロアイギス王国……1540P
ルゲーティアス公国……20P
グランドスルト開拓都市……760P》

96：嶋乃さん［弓術士］　2xx1／05／10
(´-ω-`)これなー……真偽は微妙なところ

97：くぅちゃんさん［召魔術士］　2xx1／05／10
(´-ω-`)ぶっちゃけプラネの運営AIが、運営寄りのギルドを先行させて1500ポイントも露骨に取らせるか？

そういうクソ運営も世の中にいるのは知ってる。ただここはプラネでその点の潔癖さに関しては正木を信用している

98：ケイさん［七方出士］　2xx1／05／10
(、-ω-、)察するに、聖人達が参加しているにしても他にポイント取ってるプレイヤーがいると思うんだよなぁ。何故かここに書き込んでくれないけど

99：嶋乃さん［弓術士］　2xx1／05／10
(、-ω-、)グランドスルト側も誰がポイント稼いでくれてるのか把握してないようだったしな

100：ケイさん［七方出士］　2xx1／05／10
(、-ω-、)総合と言えば会話が露骨だったw

101：嶋乃さん［弓術士］　2xx1／05／10
(、-ω-、)まかろにとマウストゥ☆がいてあの話題をスルー

102：ケイさん［七方出士］　2xx1／05／10
(、-ω-、)他の奴らも全然触れなかったしwww

103：くぅちゃんさん［召魔術士］　2xx1／05／10
(´-ω-`)俺は怖かったよ、生産組の沈黙

104：嶋乃さん［弓術士］　2xx1／05／10
(´-ω-`)本来、勝者がゲットする賞品の話で盛り上がるだろうに、今回のイベントは皆の本気度がヤバいな

105：クロにゃんさん［騎士］　2xx1／05／10
(´-ω-`)もうハウジング戦争は始まってるんだよぉ!!

106：ぶっぱさん［弓術士］　2xx1／05／10
(´-ω-`)新しいハウジング領地は興味ないのでの、ネクロアイギスの土地が早く空かぬものか

107：柳河堂さん［弓術士］　2xx1／05／10
(´-ω-`)ネクロアイギスの越権クエストとその他事前クエストを発見した

108：チョコさん［召魔術士］ 2xx1／05／10
!?（￣・ω・￣人）

109：クロにゃんさん［騎士］ 2xx1／05／10
(、・ω・｀人)え!?

110：名無しさん［七方出士］ 2xx1／05／10
(、・ω・｀人)店主は洗い出しの仕事が早い

111：柳河堂さん［弓術士］ 2xx1／05／10
(、・ω・｀人)どうやら自国民でも越権クエストをやれる。ただし、防衛クエストに変わる。
報酬も少なくなる。やりたい人いるなら譲るよ

112：クロにゃんさん［騎士］ 2xx1／05／10
(、・ω・｀人)やりたいと言いたいところだけど、そもそも土地買うお金がないのでポイント稼ぎの意味はないです先生

113：嶋乃さん［弓術士］ 2xx1／05／10

(、-ω-`人)クエどこにあった?

114:柳河堂さん [弓術士] 2xx1/05/10
(、-ω-`人)ここでは秘密

115:ケイさん [七方出士] 2xx1/05/10
(、-ω-`人)店主はやらんの?

116:柳河堂さん [弓術士] 2xx1/05/10
(、-ω-`人)もう店は構えてるので。メールを送ってきた人間に教えるから連絡どうぞ

117:柳河堂さん [弓術士] 2xx1/05/10
(、-ω-`人)ああ、条件がある。ROM専には教える気はない。ここの皆と協力する気のない人は対象外なので興味がある人はまず書き込むこと

118:和泉さん [騎士] 2xx1/05/10
はい! (゜□゜;)ノシ

119：クロにゃんさん［騎士］　2xx1／05／10
（、；▽；、）タンクだあああ！！！！

120：ムササビXさん［弓術士］　2xx1／05／10
（、-ω-、）釣れた！wwww

121：桜さん［七方出士］　2xx1／05／10
（、-ω-、）やったね☆

第8話　リビアングラス協会の女帝との邂逅

背後のプレイヤー達の騒ぎ声に蒼白《そうはく》になるツカサを尻目に、受付の砂人男性はひょうひょうとした態度で『彫金師ギルド初心者教本』と『彫金入門書』をツカサに渡す。

「これを参考にタガネを作ってください。慣れてきたらヤニを手作りするのもいいですね。腕の良い彫金師になるのを期待してます。その書籍のレシピが物足りなくなったら、またここにくるといいんじゃないですか」

「は、はい。頑張ります」

本を受け取ると、彼は無言で笑顔を浮かべて「さっさといけ」とばかりに手を上下に振った。用が済んだからだろう。非常に態度がはっきりしている人である。

ツカサは、こんな雑な対応をする大人に接したことが今までなかったので、ただただ驚かされて目を瞬かせながら彫金師ギルドの建物を出ようとした。

不意に入ってきた人とぶつかりかける。たまたま進行方向が被ってしまったのだ。互いに玄関で足を止めた。

「あら。ごめんなさいね、坊や」

「いえ……！　こちらこそすみません」

慌ててぶつかりかけたことを謝って、勢いで下げた頭を上げれば、高身長で露出の激しい派手な美女が目の前にいた。

パレオの水着のような中東風衣服で、小麦色の肌の大きな胸半分とくびれたお腹と長い手足を惜しげもなく晒《さら》している。足下は宝石のついたサンダル。ショールらしき白く長い布を肩から羽織ってはいるが、透けている布地だ。装飾品が豪奢で、耳輪にネックレス、指輪と大きな宝石がついたものをたくさん身につけている。それが嫌味にならず、様になっていた。

美女はツカサを見下ろして、紅いルージュを引いた唇を開く。その際に、左手に持った美しい銀色の煙管をくるりと手の中で回した。

「新人の彫金師ね。彫金師ギルドマスター、ベナンダンティに代わって挨拶をしておくわ。彫金師ギルド・リビアングラス協会へようこそ。私はリビアングラス協会の元締め『デッドマウンテン』首領の妹のキャシーよ。しっかり稼げるように育ってくれると嬉しいわね」

「えっと、彫金師を始めたばかりのツカサです。よろしくお願いします」

「良い子ね、坊や。それじゃ、また輪廻の縁が上手く巡れば会いましょう」

さらりとツカサとの会話を流すと、キャシーは颯爽と歩いていった。受付の砂人男性が「姉御！ちょうど重大な案件のお話があったんですよ！」と弾んだ声で彼女を呼び止めている。

《称号【ベナンダンティの門人】を獲得しました》

（ベナンダンティって人の称号、会わなくても取れるんだ）

確か雨月がワールド越権クエストで反応を気にしていた人物だ。不思議に思って、メニューの《NPC友好度一覧表》を見てみた。

『【ネクロアイギス王国（主要NPC）】

カフカ……（╹◡╹）

キアンコー……（*＞▽＜*）

スピネル……（*＞▽＜*）

ルビー……（*＞▽＜*）
マシェルロフ……（━◡━）
？？？……⁇
暗殺組織ギルド長……（フレンド「ソフィア」）

【グランドスルト開拓都市（主要ＮＰＣ）】
ベナンダンティ（キャシー）……（━_━）
キャシー（ベナンダンティ）……（━_━）
？？？……⁇
？？？……⁇
？？？……⁇
？？？……⁇』

「⁉」
何気なくネクロアイギス王国の項目を見て、むせそうになった。プレイヤーのソフィアが主要ＮＰＣとして名前をつらねているのである。フレンドになっていなければ、他のゲームキャラクターのように好感度が描かれているだけなのだろうか。すごく気になる。
（……あれ？　ベナンダンティって人とキャシーさんは同一人物みたいな表記になってる。２人とも知り合っていることになってもいるし――……)

新たな疑問に謎が深まる。この辺りはグランドスルト開拓都市のメインストーリーをやらなければわからないことなのかもしれない。

彫金師ギルド前のマーケットボードの近くや広場は、何人かプレイヤーがたむろしていてワールド越権クエストについて声高に雑談している。当事者のツカサは何となく肩身が狭い。気持ち早歩きでその場を離れた。

彫金師ギルドの裏手の道にはプレイヤーがいなかったので、その道の空き地のような場所の椅子ぐらいの大きさの石に、これ幸いと腰を下ろした。

空き地のようなとは言うが、大小様々な石が無造作に積み重ねられていたり、放置されている場所だ。石が重なっている姿はジャングルジムをツカサに連想させた。そこを登ったり隠れたりで、数人の子供が鬼ごっこをして遊んでいる。

子供と言っても山人や砂人だ。種人擬態人のツカサより身長も体格も大きい。子供の1人と目が合い、「一緒に遊ぶ?」と手振りで誘われたが、首を横に振って断った。

先ほど彫金師ギルドでもらった『彫金師ギルド初心者教本』を所持品から取り出して開く。シャン!　と鈴の音が鳴った。

《【基本生産基板】に【金属知識LV1】(1P)【金属研磨LV1】(1P)のスキルが出現しました》

《彫金師の【特殊生産基板〈銀〉】を取得しました》

《【特殊生産基板〈銀〉】に【測定切削技法LV1】（1P）、【打ち出し技法LV1】（1P）、【延ばし加工LV1】（1P）、【毛彫りLV1】（1P）、【丸毛彫りLV1】（3P）、【片切りLV1】（3P）、【蹴り彫りLV1】（3P）、【石留め技法LV1】（3P）、【宝石知識LV1】（1P）、【宝石研磨LV1】（3P）のスキルが出現しました》

（わ！　多い！）

『彫金師ギルド初心者教本』はスキルブックだった。続いて開いた『彫金入門書』は20種類のレシピだ。ヤニやタガネ、宝石、シンプルなプレートや指輪などが作れるようになった。現在のスキル回路ポイントは16ポイント。戦闘のポイントも混ざっているので、先に戦闘の分の6ポイントを使った。

《【基本戦闘基板】の【魔法防御LV1】を取得しました》
《【特殊戦闘基板〈白〉】の【鬨の声LV1】を取得しました》

（やっと攻撃力上昇のバフを取れた！　彫金は1ポイントのものを優先して取れば大丈夫かな？　3ポイントのものは1つだけ取れるけど……【宝石知識】に合わせて【宝石研磨】にしよう）

《【基本生産基板】の【金属知識ＬＶ１】【金属研磨ＬＶ１】を取得しました》
《【特殊生産基板〈銀〉】の【測定切削技法ＬＶ１】【打ち出し技法ＬＶ１】【延ばし加工ＬＶ１】【毛彫りＬＶ１】【宝石知識ＬＶ１】【宝石研磨ＬＶ１】を取得しました》

これでタガネが作れるのだろうかとレシピを見てみれば、『タガネ』の文字は灰色で作れない。

（どうしてだろう。材料が足りない――ことはない。道具があれば鋼の棒だけでいいって説明にもあるし、スキルが足りないのかな？）

わからなかったので攻略サイトも頼った。タガネの作成の項目では必要スキルに【金属知識】【金属研磨】【測定切削技法】とある。ツカサが取得したスキルで作れるとなっていて、やはり何が足りないのかわからず、首を傾げた。

（いくら考えても答えは出ないままだ。……よし！）

ツカサは勇気を出して、《彫金師掲示板》に書き込むことにした。

第9話　ゲーム内掲示板13（彫金師）

プラネットイントルーダー　彫金師掲示板Part188

310：まかろにさん［グランドスルト所属］　2xx1／05／10
新たに彫金師を始めた方、疑問があればどしどし書き込んでください！
誰かが必ず答えます！

311：13thカオスさん［ネクロアイギス所属］　2xx1／05／10
ここまでやっても最後まで彫金師を本職で続けられる人はいません（＞＿＜）

312：アリカさん［ルゲーティアス所属］　2xx1／05／10
黙れクソ甲冑《かっちゅう》師
別にNQの出品はしていいんだからな
HQ出品のみを正義にしてる馬鹿DPSの声は聞かなくていい

313：13ｔｈカオスさん［ネクロアイギス所属］　2ｘｘ1／05／10
口が悪いにゃあ
ここにいるみんなも彫金師を投げた癖にぃ

314：マウストゥ☆さん［グランドスルト所属］　2ｘｘ1／05／10
ネガティブな書き込みはいらない
生産性のある話をしろ地雷甲冑師

315：アリカさん［ルゲーティアス所属］　2ｘｘ1／05／10
これ以上彫金をネガるつもりなら宝珠導使いの掲示板で晒すぞ
お前の銘が入った甲冑を着てるタンクと近接にヒールを飛ばさない環境にされたいのか

316：13ｔｈカオスさん［ネクロアイギス所属］　2ｘｘ1／05／10
ごｗめｗんｗなさいｗｗｗｗ（＞_＜）

317：アリカさん［ルゲーティアス所属］　2ｘｘ1／05／10
晒してくる

318：13thカオスさん［ネクロアイギス所属］　2xx1／05／10
え
何マジになってんの
冗談通じないとか宝珠導使いってコミュ力低過ぎ

319：シフォンさん［グランドスルト所属］　2xx1／05／10
今更焦っても遅いよ、もう晒されてるから

320：マウストゥ☆さん［グランドスルト所属］　2xx1／05／10
どう考えても空気読めてないのは13thカオスだろ
いい加減にせぇや

321：かすみさん［グランドスルト所属］　2xx1／05／10
NQしか作れなくてもマケに出品していいんですよね？
何度も確認すみません。本当に怖かったので……

322：シフォンさん［グランドスルト所属］　2xx1／05／10
いいよ

またいちゃもんメール送ってくる輩がいたらBLして通報ね

323：かすみさん［グランドスルト所属］　2xx1／05／10
ありがとうございます

324：ツカサさん［ネクロアイギス所属］　2xx1／05／10
彫金師を始めたばかりです。どのスキルを覚えればタガネを作れますか？

325：マウストゥ☆さん［グランドスルト所属］　2xx1／05／10
⁉

326：シフォンさん［グランドスルト所属］　2xx1／05／10
‼（。□。；）

327：不眠ネコさん［グランドスルト所属］　2xx1／05／10
ツカｓ

328：のり弁当さん［ルゲーティアス所属］　2xx1／05／10

ヽ(`Д´;≡;`Д´)ﾉ

329：アリカさん［ルゲーティアス所属］　2xx1/05/10
お前ら落ち着け、口を閉じてろ黙れ
>>ツカサ
ヤッグスの罠に嵌まってないなら【金属知識】【金属研磨】【測定切削技法】スキルレベル5で作れるはず

330：ツカサさん［ネクロアイギス所属］　2xx1/05/10
スキルレベルが上がってからでないと作れないものだったんですね
やっと理由がわかりました

331：マウストゥ☆さん［グランドスルト所属］　2xx1/05/10
ヤッグスの罠に嵌まっておられるwww

332：不眠ネコさん［グランドスルト所属］　2xx1/05/10
またヤッグス被害者……あのNPCマジで絶許

333：シフォンさん［グランドスルト所属］　2xx1／05／10
彫金師を序盤に挫折させている元凶は確実にヤッグスだよ（・ε・）

334：アリカさん［ルゲーティアス所属］　2xx1／05／10
＞＞ツカサ
受付NPC（ヤッグス）の指示したタガネはしばらく忘れてくれ
まずはヤニだ。必要な物は、鍋・コンロ・木のヤニ台・小石（これは自分で拾っても良い）・スス・植物油・松ヤニで彫金用ヤニ台が作れる。
それから買わされた鋼の棒で作れるものを作る。本当は最初銅か鉄が適正レベルなので棒を買い足すのも有り

335：ツカサさん［ネクロアイギス所属］　2xx1／05／10
詳しく教えてくださってありがとうございます

336：海幸彦さん［ルゲーティアス所属］　2xx1／05／10
よかったら練習がてら釣り針を作ってくれないだろうか

337：マウストゥ☆さん［グランドスルト所属］　2xx1／05／10

いや初期レシピ本には載ってないだろ
釣り具専用のスキルブックいるじゃねぇかよ

338：のり弁当さん［ルゲーティアス所属］2xx1／05／10
強要はよくないと思います！
それが許されるならヤカンにクローバー彫って欲しい！@調理師

339：マウストゥ☆さん［グランドスルト所属］2xx1／05／10
こらこらwww
……俺も鉄と鋼をインゴットにして欲しいです（ボソッ　@鍛冶師

340：まかろにさん［グランドスルト所属］2xx1／05／10
裁縫師の良い針ほしい

341：不眠ネコさん［グランドスルト所属］2xx1／05／10
革靴のリング部品……

342：シフォンさん［グランドスルト所属］2xx1／05／10

何故か要望スレにｗ　せめて新人さんが作れる物だけにしてあげてよ！ｗｗｗ

３４３：マウストゥ☆さん［グランドスルト所属］　２ｘｘ１／05／10
プラネの彫金師、リアル志向なんで現実と同じぐらい多岐に渡るよな
プラネにきて初めて鍛冶師が作れない物の多さを知った

３４４：アリカさん［ルゲーティアス所属］　２ｘｘ１／05／10
ファンタジーゲームやアニメだと鍛冶師１人が全工程を作ってるからな
リアルは剣一つとっても分業仕事だったはずなのに

３４５：マウストゥ☆さん［グランドスルト所属］　２ｘｘ１／05／10
刀鍛冶のイメージなんだろうか？

３４６：シフォンさん［グランドスルト所属］　２ｘｘ１／05／10
でも刀身だけじゃなくて他の部位もあるし
刀も鍔とか彫金の仕事ですことよ？ｗ

３４７：マウストゥ☆さん［グランドスルト所属］　２ｘｘ１／05／10

えっ　そうなの⁉

348：まかろにさん［グランドスルト所属］　2xx1／05／10
新職業の刀剣家の武器は、刃部分は鍛冶で仕上げは彫金になると思う

349：のり弁当さん［ルゲーティアス所属］　2xx1／05／10
そしてNQの刀しかマケに並ばなくて刀剣家がキレるんですね、わかりますよ……（>q<）

350：ツカサさん［ネクロアイギス所属］　2xx1／05／10
色々作れるんですね。彫金師頑張ってみようと思います
たくさんのアドバイスありがとうございました

351：シフォンさん［グランドスルト所属］　2xx1／05／10
がんばってねー（*^_^*)ﾉｼ

352：のり弁当さん［ルゲーティアス所属］　2xx1／05／10
ファイト！　d(*｀▽´*)

353：まかろにさん［グランドスルト所属］　2xx1／05／10
さあ、他に質問ある方は遠慮せずに書き込んでくださいねー

354：マウストゥ☆さん［グランドスルト所属］　2xx1／05／10
ツカサ君、素直な御方でしたな

355：不眠ネコさん［グランドスルト所属］　2xx1／05／10
その平伏系口調は一体……w

356：シフォンさん［グランドスルト所属］　2xx1／05／10
私はうちのアホミントが名前連呼で迷惑かけてたからドキドキしちゃったw
新規で彫金師やってくれるのはありがたいね

357：アリカさん［ルゲーティアス所属］　2xx1／05／10
新規か復帰の中から宝珠導使いのアクセを量産してくれる奴が増えてくれればいいんだが

358：まかろにさん［グランドスルト所属］　2xx1／05／10
彫金師は一定の人数いてくれないとNQすら供給が間に合わないからねぇ

これからアクセＮＱ品を作って並べておくよ

３５９：マウストゥ☆さん［グランドスルト所属］　２ｘｘ１／05／10

俺も中間素材作るかな

第10話　グランドスルト開拓都市での買い物と、再び自室へ

《彫金師掲示板》は親切に教えてくれる優しい人達ばかりだった。勇気を出して書き込んで良かったと思う。ツカサが書き込んだ直後は、少し雰囲気が変わってドキリとしたが、仕切ってくれる人がいてスムーズに受け答えも出来た。

（たぶん、雨月さんが有名だから僕のことも知られていたんじゃないかな）

生産職業の掲示板だったのだ。ＰＫをする人間だと警戒をされたのだろう。

ヒュウッと一陣の風が吹く。砂ぼこりの風で、思わず目をつぶった。

（グランドスルトの野外はあんまり物を作るのに向いてない。でも、作業場なんて彫金師ギルドでは教えてくれなかったし、なかった――のかな……？）

適当な態度だった受付の砂人男性を思い出す。掲示板で『ヤッグス』という名前とその評判の悪さを知った。本当は彫金師ギルドにプレイヤーが利用出来る作業場があった可能性はある。だが彼が面倒くさがって教えてくれなかったのかもしれない。

ゲームキャラクターの個性的な態度に困惑していると、和泉からフレンドチャットがあった。

和泉　：ネクロアイギスのワールド越権クエストを
　　　とある人に教えてもらったよ！
　　　それで今直ぐネクロアイギスにとんぼ返りしようと思ってて
ツカサ：自国のものって発動するんですか？
和泉　：報酬が下がるらしいけど大丈夫みたい
　　　発見されたのは採集猟師ギルドのものらしくって
　　　私がちょうど持ってるスキルでやれそうなんだ
　　　ツカサ君がクエストクリアの時にPTを組んでたけど、
　　　私に貢献度ポイントは入ってこなかったからソロ用みたいだよね
　　　なのでテレポで1人出稼ぎいってきます！　m(_ _)m
ツカサ：和泉さんとセットでもらえたって訳じゃなかったんですね
和泉　：あ、でも経験値だけは入ってきてた！
　　　採掘師のレベルが上がってたから、

このままPT組んだ状態にしておいた方が良いと思う

（そうだ！　ネクロアイギスの『自室』……！　確か簡易生産が出来るって説明があった。簡易生産がどんなものか触ってみないとわからないけど……。教会なら敷地内で生産作業もしやすいかもしれないし）

少なくともネクロアイギス王国では、グランドスルト開拓都市のような砂混じりの風は吹いていなかった。

ツカサ：僕も生産するために一旦ネクロアイギスに戻ります
　買い物してからなので先に戻ってください
和泉　：私も鉱石で所持品いっぱいだ。借家の倉庫にいれないと
　ツカサ君、銅鉱石とか鉄鉱石いるよね？
ツカサ：すみません。鉱石そのままは彫金師で扱えないんです
　鍛冶師の素材になります
和泉　：そうなの!?　ツカサ君に渡せて私も楽しく採集出来てwin－winな職業だと思ってた……（´；ω；`）
ツカサ：じゃあ、小石はありますか？
　あったら欲しいです

和泉　：ただの石ならいっぱいあるよ
　　　所持品欄を圧迫しているから捨てようかと思ってたけど
　　　何故かＮＰＣが15Ｇで買い取りしてくれるから一応確保してる
　　　どれくらい必要？
ツカサ：多めに30個ほどください
　　　マーケット価格見てきます
和泉　：買い取り価格でいいよ！　４５０Ｇだね
ツカサ：ありがとうございます。じゃあ、メールに送付しますね
和泉　：はーい(*´ω`*)

ツカサは和泉に４５０Ｇを送付し、和泉からも石付きのメールが届いた。そのやり取りの後、鍛冶師ギルドにいく。

(えっと、後は鍋、コンロ、木のヤニ台、スス、植物油、松ヤニを買おう)

ここで買えるかどうかを尋ねると、鍛冶師ギルドの山人男性は近隣にある業者用の雑貨屋を教えてくれた。場所を知った途端、地図にも表示されるようになったので、他にも未発見の店があるかもしれない。

「スキルブックもそこで買えますか？」

「おう！　グランドスルトのもんはその雑貨屋にひとまとめだなー！　だが職人用はギルドで取り

扱ってるぞー！」

「職人用？」

「そのギルドだけの技術ってやつだな！　生産の腕を上げると所属ギルドに売ってもらえるようになるぞ！」

（上位スキルか特殊生産基板のスキルかな？）

彫金師のレベルが上がったらまたグランドスルト開拓都市に来よう。色々教えてもらったのでここで銅の棒50Ｇと鉄の棒１００Ｇを各10本ずつ買う。お礼を言って、今度は雑貨屋へと向かった。

雑貨屋は、軒先《のきさき》で大量の宝石を色ごとにザルに分けて並べていた。日が当たる場所に並べている辺り、それほど高価なものではないのだろう。

じっと見つめたが、名前の表示はされない。【宝石知識】のレベルが低いからだろうか。

（そういえば、知識のスキルってどうやってレベルを上げるんだろう）

宝石を見ていれば上がるのだろうか。首を傾げながら宝石を見つめていると、雑貨屋の店員と思われる山人女性が瓶を持ってきてニコッと笑う。

「どれぐらい入れますか？」

「えっ……あ、えっと……じゃあ、全種類１つずつ」

「まいどー！　５つで2万５０００Ｇでーす！」

（意外と高い!?）

2万5000Gを払って、全ての石を一緒くたに入れた瓶を渡され、少し茫然としてしまった。

「あ、ありがとうございます……。あの、店員さんは【宝石知識】があるんですか？」

「そりゃ、商品を見る目がないとやっていけませんよ」

「知識のスキルレベルってどうやって上げましたか？」

「それは秘密——と言いたいところですが、お客さん結構お買い上げいただきましたからね」

にこやかに女性店員はそう言うと、視線を奥の本も並べられている棚へと意味ありげに向けた。

「本……。本はスキルを覚えるだけのものじゃない……？」

「知識は基本学びからのものですよ。あとは実際に実物を見て扱ってみて、知識を蓄えていくもんですって」

棚に数冊並ぶ本のラインナップにハッとした。『鉱物大図鑑』と『岩石大図鑑』がある。さらにはスキル習得を断念した『宝飾の歴史』も。初めて見るのは『鍛冶の鋳造技術』、『彫金の雑貨部品目録』、『陶芸技法』、『最高峰のガラス工房』。あとスキルブックではないと思われるが【宝石知識】を上げるのに必要そうな『宝石の世界』。

（図鑑！　手元に置いてじっくり読みたいと思ってたんだ……!!）

図鑑は1冊1万Gもしてぎょっとしたが、幸いにもツカサは現在お金持ちだ。『鉱物大図鑑』と『岩石大図鑑』、『宝飾の歴史』、『彫金の雑貨部品目録』、『宝石の世界』、それに加えて鍋、コンロ、木のヤニ台、スス、植物油、松ヤニを全て雑貨店で購入した。合計2万8100G也。

（勢いでまとめて買っちゃった……。マーケットボードで安いものは買おうって思ってたのに）

まだマーケットボードを覗く習慣がついていない。少し損した気分にもなったが、大図鑑シリーズの2冊を買えた嬉しさの方が勝るので気分は直ぐに上向きになった。

雑貨屋を出てから、画面の端に増えた《衛星信号機》のアイコンをタッチし、ネクロアイギス王国の広場にテレポートする。中央広場を目にした瞬間、ツカサは安堵している自分に気付いた。いつの間にかネクロアイギス王国が馴染みの場所になっている。

教会の自室へと辿り着く。2段ベッドの上段に誰もいないことに、微かに切なくなりながらも下の段のベッドに腰掛けて『宝飾の歴史』を開いた。

《【特殊生産基板〈白銀〉】に【金属装飾LV1】（3P）スキルが出現しました》

（……ああ、そっか。僕はグランドスルトで、ストレスを感じていたのか）

自然と腰を下ろせた自分が座っているベッドを見下ろす。建物も家具も、何もかもが大きくて不便で見上げてばかりだった国と違って、ここはとても楽なのだ。ほっとして溜息がこぼれる。

（こういう気持ちがホームに帰ってきたって感じなんだろうなぁ）

ツカサは随分と、ネクロアイギス王国に愛着が湧いていたのだった。

第11話　彫金用ヤニ台製作とマーケット価格

一息ついてから、木のデスクの上に置かれている書見台に触れる。すると《簡易生産》のブラウザが出現した。

ここでも、レシピのものは文字が灰色ばかりで作れない。ブラウザには注意説明文があり、『一度も生産したことがないものは大量生産出来ません』とある。さらに小さな赤文字の説明文がついていて『簡易生産は、一度製作したＮＱ品を最大１００個分一気に生産出来る機能です。ＨＱ品の大量生産をする場合は、特定の条件とハウジング内に生産職業用の工房が必要です』と記されている。

（たくさん作るための機能だったんだ。それにハウジング……工房なんて部屋が持てるのか。格好いいな）

ハウジングに関しては前から気にはなっているのだが、始めたばかりの自分がとてもじゃないが持てるようなものではないと、どこかで諦めていた。

ところが今は偶然にもイベント戦争クエストでポイントを得られて、ハウジングに手が届く可能性がある。

（――自分の家を持ちたいな。ハウジング領地？　がどんなところでどれぐらいお金が必要か全然わからないけど、とにかくお金を貯めよう）

散財したばかりだが、ここから巻き返していこうと思う。彫金師で作れる物をたくさんマーケットに出品して売るのだ。きっと採集職業の方があまり元手もかからず、効率がいい金策だろう。けれど、長い採集時間が必須でもある。今以上の時間が割けないツカサには向いていない。

目標も出来て、意気込みも新たに木のデスクの上に買ってきた物を並べる。材料は所持品内にあれば製作出来るのだが、なんとなく気分である。

まず、5冊の本に軽く目を通した。その中で『彫金の雑貨部品目録』はレシピ本だった。細々とした日常雑貨系の部品や、他職の完成品に装飾を施すレシピが増える。他人の作品に手をつけて怒られないのだろうかと不安になった。

その中に釣り針のレシピがあって、しかも鉄と鋼だけで作れるようなので製作候補に入れる。それから宝石の入った瓶が目に入り、まずなんの宝石か調べようと思った。『宝石の世界』を読み始めて直ぐに、

(あ。そういえば宝石は鉱物なのか)

と気付いて『鉱物大図鑑』と『岩石大図鑑』も開いた。ツカサの中でキラキラ輝く宝石は、石というカテゴリーではなく、宝石という特別な別カテゴリーのものに先入観でなっていたようだ。

瓶の中から宝石を1つ手の上に出す。水色、青色、褐色、緑色、草緑色の5つの宝石を、ツカサは1つずつ本の中から探した。

(水色はターコイズ、青色はラピスラズリ、緑色はメノウかジェードかな？　草緑色はペリドット……？)

《【宝石知識】がLV2に上がりました》

（やった！　レベル上がった！）

レベルが2になった途端、『ターコイズ』『ラピスラズリ』『ジェード』『ペリドット』と宝石の上に文字が浮かぶようになる。ただ褐色の石だけ名前が出ない。

（『宝石の世界』の挿絵を見るかぎり、アンバー……だと思うんだけど、『鉱物大図鑑』で見つけられない。どこだろう？）

真剣にページをめくって図鑑を確認していると、無情なアナウンスが流れた。

《【化石目利き（生産）】がLV2に上がりました》

《【宝石知識】がLV3に上がりました》

（答えが……!!）

がっくりと肩を落とした。どうやら鉱物ではなく、化石の類いだったようである。

『アンバー』と名前が表示された。宝石が化石だったことにはびっくりしたが、今後化石の図鑑も買おうと思った。知識スキルはレベルが上がるのが早いようだ。

（それじゃ、いよいよヤニを作ろう）

レシピからヤニを選ぶと、目の前にコンロと鍋が設置され、

《松ヤニ、スス、植物油、小石。この材料で作業を開始します。通常モード、倍速モード、スキップモードに作業工程は変更出来ます》

と確認のブラウザが表示された。最初なので《通常モード》にする。

するとツカサの腕が勝手に動き出し、鍋に松ヤニを入れて弱火でかき回し始めた。

（わ。アシストしてくれる形なんだ。これで知らなくても作れるのか）

材料を揃えたらボタン一つで完成という工程を想像していたので、良い意味で裏切られた。……いや、たぶんそれがスキップモードなのだろう。ツカサも慣れれば時間を短縮するために、そちらを利用していくことになると思う。

ヤニにススと植物油を入れて混ぜ、茶色のトランクから台座つきの丸い器とバーナーらしきものと、平たい金属のプレートと金槌を取り出した。丸い器には小石を入れる。溶けたヤニをその上へと流し込んだ。温めて山形にしてから、金属のプレートを載せて金槌で空気を出しつつ、丸い器の上部を平らにしていく。それから冷ました。木のヤニ台も同じような工程で完成だ。

次の瞬間、突然謎の直線ゲージが目の前に出現した。そのゲージはぐにゃりと曲がり、円形になる。そして見覚えのある卜音記号とへ音記号がそのゲージ内に複数あった。

（え）

ギュイイン！　と派手なギター音が鳴り響き、音楽には詳しくないがロックというジャンルと思われるけたたましい曲が流れる。どうして突然、激しいＢＧＭになったのか。

間髪を容れずに視界端の上下左右から、複数の音符と共にト音記号とヘ音記号が花火のようにパァンと広がった。

ゲージと、バラまかれたト音記号とヘ音記号が重なった瞬間に両手の指でそれぞれ触れる。同時または1秒単位でずれていて片手だけではタイミングよく押せないと、とっさに考えての行動が正解だったようで《パーフェクト!!》と判定された。

（び、びっくりした……！　そっか、これがミニゲーム……!!　製作工程が終了したらいきなり始まるんだ）

《「ヤニ（彫金用ヤニ台2種）ＨＱ」を製作しました！
パーフェクトボーナスとして特殊効果をランダム付与出来ます。どれを付与しますか？
・取得経験値増加（小）
・スキルレベル値増加（小）
・ミニゲーム難易度緩和（小）》

（選べるのにランダム？）

疑問に思いつつ、《ミニゲーム難易度緩和（小）》を選んで付与した。まだ材料が残っているので

同じようにもう2つ作る。今度はどちらも落ち着いてミニゲームをパーフェクトクリア出来た。2つ作ったおかげで〝ランダム付与〟の意味も判明する。


《「ヤニ（彫金用ヤニ台2種）HQ」を製作しました！

パーフェクトボーナスとして特殊効果をランダム付与出来ます。どれを付与しますか？
・取得経験値増加（小）
・完成品個数＋1》

《「ヤニ（彫金用ヤニ台2種）HQ」を製作しました！

パーフェクトボーナスとして特殊効果をランダム付与出来ます。どれを付与しますか？
・取得経験値増加（小）
・スキルレベル値増加（小）》

（なるほど。付けられる特殊効果の内容が毎回ランダムなんだ。3つ選べたのは初回製作の時だけかな？）

ツカサは《完成品個数＋1》と《スキルレベル値増加（小）》を選んで完成させた。自分が使うのは1つでいいので色々と考えて《完成品個数＋1》の物を自分用にする。製作品が1つの材料で2個出来ると、お得だと考えた。

（ミニゲーム、緊張するけど楽しいなぁ。余った分は出品しよう）

壁の黒板に触れる。マーケットボードのブラウザが開いて接続された。前に出品した『果樹林のハーブＨＱ』などは、売れた時点でツカサの所持金に追加されている。今は出品数０となっていた。過去の『ヤニ（彫金用ヤニ台２種）』の取引価格を確認する。誰もが自分で作る物のせいか、１Ｇという最低取引価格だった。現在並んでいる品の値段も同様である。

過去取引記録の底の方、つまりオープンベータ版初期の頃と思われる日付の時にＨＱの取引があったのを見つけた。その価格が５０００Ｇだった。

（じゃあ、５０００Ｇで出品しよう）

《マーケットに出品する際の名前を決めてください》

（あれ？　前に出品した時は無かったのに、正式版からの機能かな。じゃあ、ＶＲマナ・トルマリンのアバターがハリネズミだから『ハリネズミ』で）

『ハリネズミ』の名前で『ヤニ（彫金用ヤニ台２種）ＨＱ〈スキルレベル値増加（小）〉』と『ヤニ（彫金用ヤニ台２種）ＨＱ〈ミニゲーム難易度緩和（小）〉』を各５０００Ｇで置いた。

そこでツカサは、ふと思った。

（銘で「ツカサ」って製作者の名前が入っているし、名前を変えても意味ないような……？）

チャリン！　という音が鳴る。早速マーケットに出品した物が売れたらしい。しかも２つともで嬉しかった。買ったのは同じ『逢魔』という名前の人だ。

見覚えがある。以前、街中で『明星杖を売ってくれ』と話しかけてきたプレイヤーである。ツカサがその人物を思い出しているうちに、『大禍』の出品者名で再度『ヤニ（彫金用ヤニ台2種）HQ』の2つが出品され直され、つけられた価格に目が点になった。

《『ヤニ（彫金用ヤニ台2種）HQ〈スキルレベル値増加（小）〉』——20万G／大禍
『ヤニ（彫金用ヤニ台2種）HQ〈ミニゲーム難易度緩和（小）〉』——150万G／大禍》

（ええ⁉）

ぽかんとした。これはいわゆる転売というものだろうか。しかしそんな極端な値段で売れないだろうとツカサは思ったのだが、『ヤニ（彫金用ヤニ台2種）HQ〈ミニゲーム難易度緩和（小）〉』がマーケットボードから直ぐに消えた。過去取引記録に『真珠』というプレイヤーが買ったと表記されて茫然とする。

（こっちが適正価格……？——マーケットボードって難しい……）

過去取引価格を参考にして値段をつけるだけではダメらしい。今、何が必要とされているのか……なのだろうか。勉強になった一幕だった。

第12話　対照的な2つのワールドアナウンス

予想外の高額で転売された『ヤニ（彫金用ヤニ台2種）ＨＱ』だが、ツカサはこれを作り続けてお金稼ぎはやめておこうと思った。製作しても、彫金師レベルとスキルが上がらなかったからだ。基礎になる自作道具だが、最初に作れる物なので経験値が微々たるもの。このデメリットは作り続ける物としてはどうかと思う。

（それより新しい物を作っていこう！）

ワクワクしながらレシピを開く。灰色文字だったものが白色の文字になっていて作れるようになっている。

自作した彫金用ヤニ台で、まずは銅の棒を平らなプレートにするレシピから。バーナーで熱してヤニ台の上に置き、金槌などのハンマーで叩いて平らにしていく。

《「銅のプレート」×2を製作しました！》

（ミニゲームが発生しなかった。これは素材に近いからかな？　雑貨の部品のレシピは素材にあたるから、全部ＮＱになるのかも。ＮＱしか作れない物もあるんだ）

銅の棒10本を20枚のプレートにした。これはタガネなどの試し彫りに使ったり、ヤニ台を作った時に平らにならしたりして使用する消耗素材道具の一つとカテゴリーされている。ツカサは完成したプレートを彫金師道具一式が入っている茶色のトランクに入れた。

《【硬度鑑定】【金属知識】【金属研磨】【測定切削技法】【延ばし加工】がLV2に上がりました》

スキルのレベルが上がって嬉しい。続いて鉄の棒を熱して形をハンマーで変え、ヤスリの機器などで削って整えていく。磨いたところで釣り針が完成した。

ドドォン！　と大太鼓の重い音がとどろく。笛の音やカスタネットをかき鳴らす、祭りを連想するような和風の曲が軽快に流れ、出現したゲージは8の字を描く。左右ではなく上下に両手の指を置いて、かなりのスピードで飛んでくるト音記号とヘ音記号を捉えて重なる瞬間をタッチした。

《「釉針HQ」×2を製作しました！

パーフェクトボーナスとして特殊効果をランダム付与出来ます。どれを付与しますか？

・取得経験値増加（小）

・釣り個数＋1

・ロスト率減少（小）》

ツカサは《ロスト率減少（小）》を選びながら思った。

（このミニゲーム、懐かしい感じがする。昔、同じように遊ぶもので遊んだことがあるような？）

既視感があったのだ。そして物置に、キーボードの形の似たような知育玩具があったのを思い出した。

それから《釣り個数＋1》や《釣り餌消費量半減》、《取得経験値増加（小）》と《スキルレベル値増加（小）》、《ロスト率減少（小）》の釣り針を作った。

《ロスト率減少（小）》はほとんど選択肢に出現せず、合計で4本しか作れなかったので、レアなランダムの特殊効果なのかもしれない。そして1度タイミングがずれてHQのみのものが2本。気付けば鉄の棒10本を全て使い切っていた。

《彫金師がLV5に上がりました》

《【打ち出し技法】がLV2に上がりました》

《【外形鑑定】【金属知識】がLV3に上がりました》

《【硬度鑑定】【金属研磨】【測定切削技法】【延ばし加工】がLV4に上がりました》

（タガネを作るにしても、あと少しスキルのレベルが足りないや。……宝石でアクセサリーを作りたいけど、対応するスキルが取れてないのか。早くスキル回路ポイントがほしいな。次はどれで彫金師のレベルを上げよう？）

鋼でも釣り針が作れるらしいが、次は別の物を作りたい。マーケットの価格は、悩みに悩んで、釣り針18本を各2万Gで出品した。ツカサ的にはかなり強気の値段である。特殊効果がついていないHQの釣り針2本は手元に置いておく。

しばらくマーケットボードを見守ったが、今度は転売される気配も無く、ひと安心だ。この値段で売れなければ、段々値段を下げていけばいい。

《パーティメンバーとして経験値10000を獲得しました》
《彫金師がLV6に上がりました》
《彫金師がLV7に上がりました》

（わっ、レベルが2も上がった！　和泉さんかな！）

《秘匿ワールド防衛クエスト『ネクロアイギス王国の防備』が発動しました！
他国の越権行為が阻止され、【影の立役者】以上のメインストーリーは変化せず、全所属プレイヤーのストーリー進行度は巻き戻りません。
現在の前哨戦結果：ネクロアイギス王国……2060P
ルゲーティアス公国……50P
グランドスルト開拓都市……770P》

さっそく、全体フレンドチャットを立てて和泉にお祝いの言葉を送る。

ツカサ：和泉さん、おめでとうございます！
和泉　：ツカサ君ありがとうー！
　　　越権クエを阻止出来なかったらって考えたら怖かった（>ロ<;）
ソフィア：今のワールドアナウンスは和泉だったんだね！
　　　おめおめだよ～！
雨月　：おめでとう
和泉　：みなさん、ありがとうございます!!　m(_ _)m
ソフィア：どんな越権クエストを阻止したか自国民としては興味あるの♪
和泉　：それが山の密入国者の痕跡発見がトリガーで、
　　　ルビーちゃん暗殺を阻止出来た内容です
　　　精神的にヒリついた……
ソフィア：（゜ロ゜）
ツカサ：暗殺!?
雨月　：それは阻止出来て良かった
ソフィア：何それちょっと正木、いくらなんでも許されないよ……

和泉　：ですよね⁉　主要人物２人も亡くなるシナリオなんて
実現してたら精神が耐えられそうになかった、危ない（‵；ω；′）
ツカサ：でもそのお話がなくなったのなら良かったです
ソフィア：和泉。この件は掲示板にリークしてもいい？
和泉　：いいですよー。でも、柳河堂さんが既に書き込んでいるかも？
本当の第一発見者はそのプレイヤーなので
ソフィア：じゃあソフィアが動くことないの☆
和泉　：あの、話は変わりますが雨月さんとソフィアさん
どちらか採集猟師と採掘師の素材必要だったりしませんか？
雨月　：生産はやっていないから必要ない
ソフィア：ごめんね、ソフィアもいらないかな
マケに流すといいよー
和泉　：それがマケも上限まで出品してて……（‵；ω；′）
倉庫も所持品欄も全部埋まってて身動きが；
ＮＰＣに売って処分するしかないのかな
ツカサ：僕はまだ全然倉庫を使っていないので空いてます。
素材を預かりましょうか？
和泉　：そこまでしてもらうわけには……！

ソフィア：傭兵団を作るのは？
　　　　　1人ごとに5千個の倉庫がついてくるよ♪

（傭兵団を）

グループを作る提案に、ツカサはドキッとした。それに関して和泉の返答はない。

率先して人を集める――まだそこまでの勇気は和泉にないのだ。

ツカサを、けなげにずっと頼りにしてくれていたルビーの姿を思い出す。あの時は自分がしっかりしないと、と思って積極的にしゃべることも行動することも普段以上に出来ていた気がする。

（僕がルビーの時みたいに自分から動けば、和泉さんの力にだってなれるかもしれない）

ツカサ　：倉庫はハウジングがないと利用出来ないものじゃないんですか？
ソフィア：家持ちじゃなくても平気
　　　　　自室から傭兵団用の倉庫にアクセスOKなの☆
　　　　　今は個人の土地購入が禁止になっているし、
　　　　　傭兵団を作っておいて損はないよ

（いつかハウジングを買うなら、必要なことなのは間違いないんだ）

和泉もハウジングにとても興味がある様子だった。『いいなぁ』と羨ましそうにハウジングエリアで呟いていたのだ。和泉の力になりたいと強く思う。頼れるソフィアのように、自分も和泉を助けることが出来ないだろうかと。

それが今、傭兵団を作ることなんじゃないだろうか。

ツカサ　：僕が作ります
ソフィア：オッケー！
　　　　　でもソフィアは一応フリーだけど事情があって
　　　　　傭兵団の署名は無理だから書類は作るよ☆
　　　　　言い出したのはソフィアだもの
　　　　　傭兵団設立の条件はフリーの人4名以上の署名ー！
　　　　　雨月、よかったら署名だけでもしてあげてー？　(*ﾟ▽ﾟ*)
雨月　　：構わない
ツカサ　：雨月さん、ありがとうございます！
ソフィア：団長ツカサで、和泉と雨月ね。あともう1人は自力で見つけてね♪
ツカサ　：はい！
和泉　　：みんな、何から何まで……！　すみません！m(_ _)m

ソフィアの〝事情〟は暗殺組織ギルドに所属しているからだろう。傭兵団を作るにしても右も左もわからない状態だったので、ソフィアの仕切りと提案は素直にありがたかった。

ソフィア：傭兵団の名前はどうする？
ツカサ：特に浮かびません
雨月：好きにしていい
和泉：センスがなくて
ソフィア：それじゃあ、ツカサと雨月が神鳥獣使いをもってるから
　鳥と地元から適当にとって『アイギスバード』でいい？
ツカサ：はい
雨月：了解
和泉：ステキな名前！
ソフィア：メールで書類送るから順番に回していって署名してね
　最後は団長のメインギルドに提出だよ☆
　あと傭兵団とハウジングの解放クエストをしていないなら、
　必ずクリアしておいてね！
ツカサ：わかりました
　ありがとうございます。とても助かりました
ソフィア：いいの。ソフィアはこういうのが好きでやっている人なの☆

その時、アナウンスがあった。


《秘匿ワールド越権クエスト『ルゲーティアス公国の亀裂《きれつ》』が発動しました！

発動者はルゲーティアス公国所属プレイヤーでしたが、防衛から越権クエストへと移行しました。

ルゲーティアス公国【大魔導の立役者】以上のメインストーリーが変化し、全所属プレイヤーのストーリー進行度が巻き戻ります。
※この戦争イベント中、主要ＮＰＣ「パライソ・ホミロ・ゾディサイド」が自国プレイヤーへの怒りに満ちています。
現在の前哨戦結果：ネクロアイギス王国……２０６０Ｐ
ルゲーティアス公国……１０５０Ｐ
グランドスルト開拓都市……７７０Ｐ》

ツカサは目を丸くする。ルゲーティアス公国は所属プレイヤーが発動したにもかかわらず、越権クエストになったという。一体何があったのだろうか。

フレンドチャットを見ると、雨月が初めて文字以外の表現をしていた。

雨月　：_(:3」∠)_

（雨月さん、どこかごきげん？）

ソフィア：٩(๑•̀ω•́๑)۶

ソフィアはあからさまにご機嫌だった。

第13話　ゲーム内掲示板14（総合）

プラネットイントルーダー総合掲示板Ｐａｒｔ２５８

５５０：真珠さん［グランドスルト所属］　２ｘｘ１／05／10

個人的には１５０万の価値は十分あったよ

＞＞ヤニ（彫金用ヤニ台２種）ＨＱ〈ミニゲーム難易度緩和（小）〉

＞＞ＳＳ（性能ステータス画面のスクショ）

551：花さん［グランドスルト所属］　2xx1／05／10
結局どれぐらい緩和されるん？

552：真珠さん［グランドスルト所属］　2xx1／05／10
bpmが遅い曲に変わる
そのおかげでクリア出来てHQ品をたまに作れるようになって嬉しい……!!　;;

553：マウストゥ☆さん［グランドスルト所属］　2xx1／05／10
曲が……変わる……？

554：花さん［グランドスルト所属］　2xx1／05／10
弾幕減らすとか弾幕スピードをスローにするんじゃないん!?www

555：隻狼さん［グランドスルト所属］　2xx1／05／10
そもそも生産品種類ごとに曲違うよな
何故そこまで一つの職にリソースを割くんだ、正木は正気か？

556：Ａｉｒさん［ルゲーティアス所属］　2ｘｘ1／05／10
正木はアホ

557：ぬのさん［ルゲーティアス所属］　2ｘｘ1／05／10
音響担当ＡＩちゃんの仕業だぬ

558：ジンさん［ルゲーティアス所属］　2ｘｘ1／05／10
全統括してるゲーム製作補助ＡＩが、秘儀導士のテイムモンスだって自由にやらせているる時点で問題ないんじゃないか（遠い目）

559：猫丸さん［グランドスルト所属］　2ｘｘ1／05／10
ＨＱ作れる彫金おるんならええやん
この調子で昔いた音ゲー得意な奴らもどんどん復帰してくれや

560：Ｓｋｙダークさん［グランドスルト所属］　2ｘｘ1／05／10
ＮＱとＨＱってそんなに違いあんの？
生産のアクセはＮＱしか見たことないんでよくわからん

561：マウストゥ☆さん［グランドスルト所属］ 2xx1／05／10
通常HQなら＋5特定のステータスが上乗せぐらいだな
同じHQでも特殊効果ついてるのがダンジョン産の性能を上回ってヤバくなるらしいが、
今は作ってる奴がいないので眉唾

562：ルートさん［グランドスルト所属］ 2xx1／05／10
5も!? 影響デケー！

563：まかろにさん［グランドスルト所属］ 2xx1／05／10
でも同レベル帯のダンジョン産と性能は一緒だよ

564：バルトラさん［グランドスルト所属］ 2xx1／05／10
＞＞真珠
銘を塗りつぶすなよ、誰が作ったかわかるスクショ晒せ

565：真珠さん［グランドスルト所属］ 2xx1／05／10
大禍

566：バルトラさん［グランドスルト所属］　2xx1／05／10
　それ転売野郎の名前だろ

567：真珠さん［グランドスルト所属］　2xx1／05／10
いや、ここ見てる誰かが製作者に製作の強要メールを送る可能性あるから載せないよ
彫金の扱いには今、特に宝珠導使いの中で神経質になってるし
他の生産スレも、晒しは匿名の出品者名のみっていうのが掲示板のマナールールになりつつあるよ

568：アリカさん［ルゲーティアス所属］　2xx1／05／10
新規に「NQ以外を出品しろ。出来ないなら出品するな」って強要罵倒メールを送った馬鹿アタッカーがいるからな
あと彫金スレにクソネガしに来るイキリ野郎は、野良で見つけ次第転がすから覚悟しておけよ
床でも舐めてろクソがッ！

569：ルートさん［グランドスルト所属］　2xx1／05／10
義憤ニキがこええｗｗｗ

570：よもぎもちさん［ルゲーティアス所属］　2xx1／05／10
言ってるニキがイキってるのホント草

571：花さん［グランドスルト所属］　2xx1／05／10
ニキ、また赤ネームに戻ってしまうん？ｗ

572：Airさん［ルゲーティアス所属］　2xx1／05／10
大禍《おうま》＝逢魔か
アイツをもう「経済ぬし」なんてご大層に呼ぶことないな
ただのカス転売厨に成り下がりやがって

573：隻狼さん［グランドスルト所属］　2xx1／05／10
逢魔なぁ……マジでどうしたんだって感じだわ
もうちょい真っ当なマケの動かし方してたっつーか、少なくとも前の逢魔なら5kを
1・5Mなんて荒稼ぎはこそこそ影で隠してやってたぞ

574：マウストゥ☆さん［グランドスルト所属］　2xx1／05／10

なんで過去履歴に残った自分の名前をサブキャラで出品→購入で流さねぇんだよ
露骨な稼ぎは反感を買わないよう、巧妙に誤魔化して時間を割いてやるもんだろうが
マケボ素人かよ

575：隻狼さん［グランドスルト所属］　2xx1／05／10
昔の逢魔はそれやってたのにな

576：カフェインさん［ルゲーティアス所属］　2xx1／05／10
逢魔の奴ならさっきルゲーティアスのハウジングエリアで害悪PK共の元・占領地（まだ売りに出されてない購入規制中の空き地）をじっと見てたゾ

577：マウストゥ☆さん［グランドスルト所属］　2xx1／05／10
あの逢魔がハウジングだと……？

578：猫丸さん［グランドスルト所属］　2xx1／05／10
金貯めるだけが楽しい輩じゃなかったんか
一体全体どうしたんや

579：ジンさん［ルゲーティアス所属］　2xx1／05／10
中の人が違う説

580：ルートさん［グランドスルト所属］　2xx1／05／10
アカウント共有は家族だろうと規約違反でアウトーッ！

581：Airさん［ルゲーティアス所属］　2xx1／05／10
通報した

582：カフェインさん［ルゲーティアス所属］　2xx1／05／10
復帰した逢魔、人変わり過ぎ問題
数ヶ月の休止中に何があったし

583：嶋乃さん［ネクロアイギス所属］　2xx1／05／10
そういやツカサ君に絡んだ時から違和感あったんだよな
なんで外を歩いてんだコイツって

584：隻狼さん［グランドスルト所属］　2xx1／05／10

それな
自室でマケボいじってないって変だったよな

585：ケイさん［ネクロアイギス所属］　2xx1／05／10
街中を歩いているだけで異常者扱いされる逢魔（、；ω；`）

586：バルトラさん［グランドスルト所属］　2xx1／05／10
正木並にキャラ立ってんな

587：Skyダークさん［グランドスルト所属］　2xx1／05／10
は？

588：Airさん［ルゲーティアス所属］　2xx1／05／10
クソの正木と、カス程度の転売厨を一緒にするなよ死ね

589：マウストゥ☆さん［グランドスルト所属］　2xx1／05／10
逢魔なんて雑魚と真性キチの正木が並ぶかっての
正木の天然サイコっぷりを舐めんなよ、ファッションじゃねーんだぞ!!

590：猫丸さん［グランドスルト所属］　2xx1／05／10
お前ら正木の擁護すんのかせんのか、はっきりせえやwwww

591：花さん［グランドスルト所属］　2xx1／05／10
あ

592：ルートさん［グランドスルト所属］　2xx1／05／10
お！

593：ムササビXさん［ネクロアイギス所属］　2xx1／05／10
【速報】《秘匿ワールド防衛クエスト『ネクロアイギス王国の防備』が発動しました！
他国の越権行為が阻止され、【影の立役者】以上のメインストーリーは変化せず、全所属プレイヤーのストーリー進行度は巻き戻りません》【ヤッター!!】

594：陽炎さん［グランドスルト所属］　2xx1／05／10
!!

595：真珠さん［グランドスルト所属］　2xx1／05／10
防衛なんてあったの⁉

596：ジンさん［ルゲーティアス所属］　2xx1／05／10
え！　自国民でもいいのかコレ⁉　完全に諦めてたわ！

597：隻狼さん［グランドスルト所属］　2xx1／05／10
前哨戦結果見る限り、防衛のポイントは500前後だな
・前回
ネクロアイギス王国……1540P
ルゲーティアス公国……20P
グランドスルト開拓都市……760P
↓
・今回
ネクロアイギス王国……2060P
ルゲーティアス公国……50P
グランドスルト開拓都市……770P

598：アリカさん［ルゲーティアス所属］　2xx1／05／10
全体的に端数が増えてる
どこの国も動き出してるな

599：バルトラさん［グランドスルト所属］　2xx1／05／10
事前クエ全然見つけられん

600：嶋乃さん［ネクロアイギス所属］　2xx1／05／10
戦闘特化は諦めろ
最初のグランドスルトは報告が無いからわからんが、ネクロアイギスは採集か生産スキルがないと事前クエスト発見不可だったぞ

601：ケイさん［ネクロアイギス所属］　2xx1／05／10
どうも戦争事前クエストは、当日戦争に貢献無理そうな採集生産職への救済クエばっかりっぽい

602：バルトラさん［グランドスルト所属］　2xx1／05／10
本当にそうか？

どっかに戦闘職のクエもあるんじゃやねぇの

603：隻狼さん［グランドスルト所属］　2xx1／05／10
覇王を含めて一部のPKがフィールドから消えてるんで、赤色ネームに特殊クエがあるんじゃないかっていう噂は立ってるな

604：Skyダークさん［グランドスルト所属］　2xx1／05／10
PVPトップも消息不明

605：Airさん［ルゲーティアス所属］　2xx1／05／10
GM監獄に入ってるだけじゃね

606：花さん［グランドスルト所属］　2xx1／05／10
ネクロアイギスはメインの巻き戻し免除されて羨ましい

607：嶋乃さん［ネクロアイギス所属］　2xx1／05／10
ネクロスレは炎上してるけどな

608：真珠さん［グランドスルト所属］　2xx1/05/10
えっ　防衛だったから？

609：嶋乃さん［ネクロアイギス所属］　2xx1/05/10
店主いわく防衛出来なきゃ陛下葬儀のストーリーになってた模様
平穏だったネクロアイギススレが、今や正木呪詛スレになってる

610：陽炎さん［グランドスルト所属］　2xx1/05/10
!?

611：くぅちゃんさん［ネクロアイギス所属］　2xx1/05/10
どうしてネクロアイギスだけ主要NPCに人死が出る仕様なんだ正木？
頭沸いてるのか

612：チョコさん［ネクロアイギス所属］　2xx1/05/10
絶╰(￣・´ω`・￣)╯許!!

613：ジンさん［ルゲーティアス所属］　2xx1/05/10

チョコｗｗｗｗｗｗｗｗｗｗｗｗ

614：Ｓｋｙダークさん［グランドスルト所属］　2ｘｘ1／05／10
チョコ凄い顔してんな

615：ケイさん［ネクロアイギス所属］　2ｘｘ1／05／10
チョコだけじゃなく皆この顔→絶（╬ ´ω｀╬）許!!　でキレてるぞ

616：猫丸さん［グランドスルト所属］　2ｘｘ1／05／10
ネクロ民の反応かわいいやんけｗｗｗ

617：嶋乃さん［ネクロアイギス所属］　2ｘｘ1／05／10
ネクロアイギスのスレは過疎ってるんでな
積極的に書き込んでる奴のノリに染まりやすい

618：まかろにさん［グランドスルト所属］　2ｘｘ1／05／10
ネクロアイギスに移籍したくなってきたなぁ
赤ネームの人も少ないし

619：くぅちゃんさん［ネクロアイギス所属］　2xx1／05／10

青色の害悪プレイヤーも多いけどな

620：隻狼さん［グランドスルト所属］　2xx1／05／10

グランドスルトは一部の奴らによって度を超したNPCのおっぱいイジリスレ化し始めてるんで、女性プレイヤーが書き込めない雰囲気を作ってるのは確かにヤバい

621：まかろにさん［グランドスルト所属］　2xx1／05／10

私、もうここと生産スレしか見てないよ

622：猫丸さん［グランドスルト所属］　2xx1／05／10

今って所属国の変更出来るんか？

623：まかろにさん［グランドスルト所属］　2xx1／05／10

イベント終わるまでは出来ない

ネクロアイギスは生産メインにしてる裁縫師ギルドあるし、イベント終わったら移籍するよ

624：ケイさん［ネクロアイギス所属］　2xx1／05／10
ぜひぜひ！　大歓迎です先生!!

625：まかろにさん［グランドスルト所属］　2xx1／05／10
ありがとー
あのスレの人達と共闘したくないから戦争には参加しないつもり

626：猫丸さん［グランドスルト所属］　2xx1／05／10
相方の宝珠導使いがいなくなるとタンクのワイ普通に困るんやが……
まぁ、まかろには絡まれとったしあのスレの流れじゃしゃーないわな

627：まかろにさん［グランドスルト所属］　2xx1／05／10
今後も絡まれたら嫌だからごめんね
イベント中は他のヒーラーさんを探してください

628：チョコさん［ネクロアイギス所属］　2xx1／05／10
歓迎しますです（´・ω・｀）

629：まかろにさん［グランドスルト所属］　2xx1／05／10
　チョコちゃんありがとー

630：カフェインさん［ルゲーティアス所属］　2xx1／05／10
　女性プレイヤーを積極的に減らしていくスタイル

631：ケイさん［ネクロアイギス所属］　2xx1／05／10
　グランドスルト民、自重しないで何やってんだ（`；ω；´）
　宝珠導使いの産地で内在的にかなり姫ちゃんを抱えてる土壌なのにさ

632：マウストゥ☆さん［グランドスルト所属］　2xx1／05／10
　いやいやルゲーティアスもドMとロリコンの変態共が揉めてんだろ？
　うちと大して変わらん

633：ジンさん［ルゲーティアス所属］　2xx1／05／10
　もう揉めてないぞ
　アリカニキがどっちもボロカスに言い負かした上に、PVP勢と共闘して物理的に掲示

板外で沈静化させた
今はここと変わらん感じ

634：ブラディスさん［グランドスルト所属］ 2xx1／05／10
（゜д゜）

635：陽炎さん［グランドスルト所属］ 2xx1／05／10
エェ……ッ

636：花さん［グランドスルト所属］ 2xx1／05／10
ニキwwww

637：Skyダークさん［グランドスルト所属］ 2xx1／05／10
ああそうか、ルゲーティアスには毎度嫌われ役の軍師様を引き受けてくれるアリカがいるもんな
やろうと思えば真っ当に統率取れるのか
やっぱリーダーやってくれるプレイヤーの存在って大きいな

638：花さん［グランドスルト所属］　2xx1／05／10
ていうか色んなスレで荒らしに殴りかかってて、ニキ治安維持に忙しそう

639：くぅちゃんさん［ネクロアイギス所属］　2xx1／05／10
他国の掲示板と言えば、サブ垢で覗こうとしたらサブ垢をメインキャラに固定化するか
どうか選択肢出されてビビッたな
固定化したら二度とメインキャラの方は三国掲示板見られないって脅されたし

640：隻狼さん［グランドスルト所属］　2xx1／05／10
サブキャラだけじゃなく別アカウントもダメだったのか
こりゃ脳波判定されてるな

641：嶋乃さん［ネクロアイギス所属］　2xx1／05／10
正木に俺らの脳を把握されてんのか

642：猫丸さん［グランドスルト所属］　2xx1／05／10
無断で脳サイズも測ってそうやな
破廉恥《はれんち》な男やで

643：Airさん［ルゲーティアス所属］ 2xx1／05／10
どすけべ正木

644：ジンさん［ルゲーティアス所属］ 2xx1／05／10
あr

645：陽炎さん［グランドスルト所属］ 2xx1／05／10
！

646：ムササビXさん［ネクロアイギス所属］ 2xx1／05／10
【速報2】《秘匿ワールド越権クエスト『ルゲーティアス公国の亀裂』が発動しました！
発動者はルゲーティアス公国所属プレイヤーでしたが、防衛から越権クエストへと移行しました。ルゲーティアス公国【大魔導の立役者】以上のメインストーリーが変化し、全所属プレイヤーのストーリー進行度が巻き戻ります。
※この戦争イベント中、主要NPC「パライソ・ホミロ・ゾディサイド」が自国プレイヤーへの怒りに満ちています》【越権⁉：】

647：真珠さん［グランドスルト所属］2xx1／05／10
え!?w

648：カフェインさん［ルゲーティアス所属］2xx1／05／10
エエェェッ!?

649：ルートさん［グランドスルト所属］2xx1／05／10
はええー！www

650：隻狼さん［グランドスルト所属］2xx1／05／10
初日に全部のワールドクエストが終わったのか

651：ケイさん［ネクロアイギス所属］2xx1／05／10
私が誘った知り合い、明日からプラネ始めるのに（´；ω；｀）

652：ジンさん［ルゲーティアス所属］2xx1／05／10
新規に容赦無さ過ぎてワロタ

653：猫丸さん［グランドスルト所属］　2xx1／05／10
お前らちょっとは新規に配慮せぇや
ポイント取りに全力出し過ぎやで

654：Airさん［ルゲーティアス所属］　2xx1／05／10
知るかよ
新規は黙って最後の戦争にだけ参加してろ

655：ジンさん［ルゲーティアス所属］　2xx1／05／10
事前ポイントを新参には渡せんなぁ！
……ま、俺はクエスト一つも見つけられないんですけどね（血涙）

656：嶋乃さん［ネクロアイギス所属］　2xx1／05／10
ってか防衛にならずに越権ってルゲーティアスは何があったんだよwww

657：ミントさん［ルゲーティアス所属］　2xx1／05／10
発動者はゲーム実況者の「ふすま」
ふすまが一部始終をライブ配信してたが面白かったわwww

以下その箇条書き
・調理師で絶滅した古代穀物を露店で発見
・古代穀物を売った男はタイムトラベル迷子中のシーラカン博士
・博士を見た瞬間、隠し持つレーザーガンを撃つパライソ
・瀕死の重体で何とかタイムマシンに乗り込む博士

――で、たぶんこのまま博士が消えて終わりが通常防衛クエストの流れだと思うんだが、ふすまがイベントに介入して流れが変わった

・撃たれたのを見たふすまが、即座に白魔樹使いに着替えて博士を完全回復
・パライソが追撃入れてもふすまが回復しまくるからブチギレ！ｗｗｗｗｗ
・偶然（というか師匠のふすまを探していた？）ブラヴァレナが通りがかり、ふすまにキレるパライソに抗議
・2人の間に亀裂が入って互いの公爵家と伯爵家の間柄にも影響、越権クエに移行
アーカイブも残ってるから見とけよ見とけよ～
>>https://～（生配信アーカイブ動画）

658：マウストゥ☆さん［グランドスルト所属］　2ｘｘ1／05／10

うおぉぉぉっ……存命中のシーラカン博士……!!
動いてる！　話してる！　セピア色空間の住人じゃない!!

659：花さん［グランドスルト所属］　2xx1／05／10
まさかのパチノ博士本人

660：隻狼さん［グランドスルト所属］　2xx1／05／10
パチノ博士を守るとはグランドスルト民の鑑《かがみ》だな、ふすま

661：ミントさん［ルゲーティアス所属］　2xx1／05／10
ふすまは生粋のルゲーティアス民だっての!!wwww

662：ジンさん［ルゲーティアス所属］　2xx1／05／10
ふすま「だって次もパッチノート動画は必要だから博士は保護しなきゃ……」
パライソへの弁明クソワロタ

663：猫丸さん［グランドスルト所属］　2xx1／05／10
NPCにパッチノートの話するなや!!wwwww

664：嶋乃さん［ネクロアイギス所属］　2xx1/05/10
パライソの、ふすまに向ける度し難い宇宙人を見る目よw

665：隻狼さん［グランドスルト所属］　2xx1/05/10
プレイヤー様になんつー顔見せるのか、このNPCはwww

666：Airさん［ルゲーティアス所属］　2xx1/05/10
ふすまはパニくってる時の喋りがおもろい

667：Skyダークさん［グランドスルト所属］　2xx1/05/10
普段はまとも過ぎるよな

668：ミントさん［ルゲーティアス所属］　2xx1/05/10
俺は囲い視聴者に媚びもしない、普段の淡々ふすまも好きだぜ

669：Skyダークさん［グランドスルト所属］　2xx1/05/10
『※この戦争イベント中、主要NPC「パライソ・ホミロ・ゾディサイド」が自国プレ

イヤーへの怒りに満ちています』
おい、パライソおこだってよ

670：ジンさん［ルゲーティアス所属］ 2xx1／05／10
ふーん（鼻ほじり）

671：カフェインさん［ルゲーティアス所属］ 2xx1／05／10
でっていう

672：ミントさん［ルゲーティアス所属］ 2xx1／05／10
勝手にキレてろよ

673：Airさん［ルゲーティアス所属］ 2xx1／05／10
お前の機嫌なんて心底どうでもいい

674：アリカさん［ルゲーティアス所属］ 2xx1／05／10
1000ポイントも自国に入ってるな、ふすまgg
さて他の事前クエを探すか

675：花さん［グランドスルト所属］　2xx1／05／10
ルゲーティアス民、味方の自国上位NPCに辛辣なの笑うwww

第14話　傭兵団「アイギスバード」結成

メニューの《クエスト一覧》にあったハウジング解放クエスト『傭兵団と坂の上の住宅街』をするために和泉と合流した。このサブクエストは前に屋台のところで自然と受注していたものだ。

「も、もうそろそろ深夜帯……。ツカサ君、そろそろログアウトする時間だよね。無理せず明日でも……」

「大丈夫です。今日倉庫があると、明日和泉さんが遊びやすいですし」

「うう……ごめんね。あ、ありがとうぅ……！」

《推奨レベル1　達成目標：所属ギルドの受付で傭兵団について尋ねる0／1》

クエスト内容を確認した後、まずは騎士ギルドへ。初めてツカサが足を運んだ騎士ギルドは、灰色レンガ造りの四角い建物だった。壁に掛けられてた剣や盾が格好良くて魅入る。ツカサの肩に乗るオオルリはというと、うたた寝を始めて可愛い姿だ。

その間に、和泉が受付の男性におずおずと話しかける。

「あ、あのぅ……〝傭兵団〟のことを聞きたいんですが」

「傭兵団ですね。傭兵団は、国や一つの組織に固執せず、志を同じくする方々が作るコミュニティです。4人以上の人数で、正式な傭兵団として公的ギルドで認められます。得られるものは信用でしょうか。それにより拠点として家を持つことが許可されます」

「な、なるほど?」

「一点注意を。傭兵団にも所属国がございます。団長となる方の所属ギルドに傭兵団結成の書類を提出いたしますと、その国の傭兵団となります。家もその所属国内の土地にしか建てられません」

「う、えっと他に不利有利とか、出来ないことがあったりします……?」

「ございません。ただ、傭兵団のみの販売品は、所属国の販売店でしか利用出来ませんので、その点で他国所属の団員の方は不便を感じるかもしれませんね」

「傭兵団結成の署名用の書類ってここでもらえるもの……?」

受付の男性は一旦じっと和泉を、それからツカサにも視線を向けて、首を横に振った。

「いいえ。和泉様とお連れの方は、まだルゲーティアス公国の見識や経験が不足しているため、書類をお作りすることは出来ません」

「へ⁉　あ、はい……」

「傭兵団がネクロアイギス王国の所属になりますと、裕福層の庶民街の坂の上が傭兵団の居住区となりますので、そこへの階段の傍に傭兵団の販売店がございますよ」

「あ、前に行ったところ……。わかりました」

《ハウジング解放クエスト『傭兵団と坂の上の住宅街』を達成しました！》

《達成報酬：通貨100Gを獲得しました》

「パーティーを組んでいる僕も達成出来ました」

「おおっ！　それじゃ神鳥獣使いギルドは行かなくていいんだ」

「はい。でも傭兵団の書類を作るのには条件があったんですね。三国のテレポート解放か、国に入るのが条件でしょうか」

「あの口ぶりだと、たぶんそうだね。ルゲーティアスだけまだだし……」

「ソフィアさん、僕達の進行度を知っていたから気を回してくれたんですね」

メールでソフィアが届けてくれた傭兵団結成の書類を見つめた。

既にツカサの署名と、和泉の署名をしている。これから雨月が署名のため、ネクロアイギス王国にきてくれる。

中央広場の端にある石の椅子の傍で、和泉と一緒に待った。どこか遠くから絹を裂くような悲鳴

が聞こえた気がすると、雨月が歩いてこちらにやってくる姿が目に入る。ツカサは急いで駆け寄った。

「雨月さん、ありがとうございます。すみません、イベント中だったのに」

「構わない。ちょうどネクロアイギスに用もあったんだ」

「あの、傭兵団なんですが、雨月さんが所属していることに負担を感じるなら、いつでも抜けてください」

「ああ。……ありがとう」

雨月は署名をし、ツカサと和泉に軽く手を挙げて身を翻すと、テレポートして去っていった。雨月を見送ってから、和泉が意気込む。

「ツ、ツカサ君！　もう1人の募集なんだけど、私が《パーティー募集板》で募集してもいいかな⁉　私が発端だし、そのくらいは私が……！」

(和泉さんも、積極的になろうと勇気を出して頑張ってる)

「じゃあ和泉さん、お願いします」

任せられた和泉は「へへ」と照れ笑いを浮かべる。

それに、和泉に任せた方が良い点もあった。ツカサは自分が掲示板で怖がられていたのを知っているので、ツカサの募集では人がこないかもしれないと思っていて、この提案は和泉なりの気遣いだとも思った。

「条件……どうしようか⁉」

「こちらからは特にないですけど……。あ、でも僕達が新規だってことと、常に一緒に行動したりはしない傭兵団だってことは書いておいた方がいいと思います。あとは神鳥獣使いが苦手でない方なら」

「うわ、そうだね！　相手にとってデメリットかもって点を募集に書かなきゃ……。う～んと、

『【急募】傭兵団設立の団員もしくは協力者募集。中心メンバー2人初心者。採集と生産もしていてソロ活動中心。神鳥獣使いが』――いや、ここはもうちょっとぼやかして『鳥が好きな方』で！

『署名だけで抜けてもOK』と。これで募集してみるね」

「はい」

そうして募集を掲載して、他の《パーティー募集板》の募集を見ながら、和泉と雑談して待つ。

他にも傭兵団の設立を目的とした募集が載っていて、大体は『傭兵団設立の協力者募集。署名してくれる方に報酬1万G。設立後は傭兵団から脱退を』というものだった。これはソロ傭兵団ということだろうか。

「協力してくださる方に、お金を支払う方がいいんでしょうか……？」

「う、う～ん。でも私達のところはその後もメンバーとして迎えるってものだから、お金を払うのも変……？　というか失礼かも？」

2人で頭を悩ませている間に、和泉にメールがきたようだ。和泉のトカゲの尻尾がピンと上向きに立つ。「っ……き、緊張する……！」と身体を縮めて、和泉はメールを確認した。

「!!　2人来て……っ！――る、けど……。えっと……」

和泉の言葉がしりすぼみになる。ツカサは首を傾げた。

「どうしたんですか？」

「掲示板に……その、書き込みしてる人、ばかりで」

「それは気にしません。けど、和泉さんは嫌ですか？」

「う、ううん。私も平気。でも、実質1人……？　あっ、あのね、メールをくれたのは『ユキ姫』と『チョコ』って人なんだけど。こっ、個人的偏見で『ユキ姫』って人は入れたくないなぁって……」

「そう、ですか。じゃあ、ユキ姫さんには断りの返信をして、チョコさんに会ってもらいましょう」

「うん！」

チョコに了承のメールを送った。送った直後、ちょこちょこと、こちらに小さな女の子が走ってくる。どうやら既に近くまできてくれていたようだ。彼女の姿には見覚えがあった。

（あ！　オープンベータ最後の夜に、ここで一緒に写真を撮った人達の1人だ）

120cmくらいの種人女性で、チョコレート色のショートボブの髪に太い眉と愛嬌のある丸い目。黒柴という犬種を連想させる可愛らしい容姿だ。たぶん柴犬をモデルにキャラクターを作っているのだと思う。服装は薄いピンク色に白い花の模様が入ったダッフルコートのようなローブ服。

そして大きなサイズになっている小動物を腕の中に抱えている。小動物はチョコよりひと回り小さいぐらいで体格としてはそう変わらない巨大さだ。

チョコは和泉とツカサにペコリと頭を下げる。

「……召魔術士のチョコです。木工師もしてます。名前は好きに呼んでください。よろしくです」

小さく不思議な声だ。隣で和泉が「ウ、ウィスパーボイスっ」と驚きつつも感激している。

チョコは視線を下に向けて、抱えている巨大な可愛い小動物を、気持ちだけ前に突き出した。

「この子は、ハムスター型の召喚獣です」

カワウソだ。

「初めまして、団長予定のツカサです。神鳥獣使いをメインに遊んでます。神鳥獣はこの青い鳥のオオルリです。僕のことも好きに呼んでください。えっと、カワウソに見えるんですが、ハムスターなんですか？」

チョコとカワウソが、互いに顔を上下に見合わせる。カワウソの鼻とヒゲがヒクヒクと動いていた。これがまた可愛いのだ。

「これはカワウソ風フェイスのハムスターです。フェイスは召喚獣の見た目をオシャレにします」

「おしゃれ」

「あ、あのチョコちゃん⁉　はじっ初めまして、和泉です。タ、タタンク……じゃない！　騎士です！　その、あがり症で人と話すのが得意じゃなくて——とにかく、よろしく……！」

和泉が顔を真っ赤にして軽くテンパりながらチョコへと挨拶する。

チョコは物静かにペコリと頭を下げた。

「チョコも、いつもソロで遊んでいます。アタッカーがいるならいつでも呼んでくださいです」

チョコは大人しい人みたいで、ツカサはホッとした。

「これから作る傭兵団は〝アイギスバード〟という名前です。特に決まりはなくて、僕も和泉さんも一緒に遊んだり、別々に採集や生産で遊んだり、日によって好きなように過ごしています。自分には合わないなと思ったら、いつでも抜けてくれてかまいません」

チョコがコクリと頷く。チョコの腕の中でカワウソの顔の肉が、ぶにっと盛り上がっていて、大丈夫なのかなと気になった。

「それと、もう1人の団員は雨月さんというPKをして遊んでいる人です。それでも大丈夫ですか？」

チョコがしっかりと頷いた。その拍子にまたカワウソの顔の肉段が、ぶにっと増える。カワウソ自身は平気そうな顔でヒゲをそよがせていた。

「それじゃあ、これからよろしくお願いします」

「よ、よろっよろしくね！」

「よろしくです」

互いにフレンド登録をした。それからチョコに署名をしてもらい、神鳥獣使いギルドに提出する。

《傭兵団『アイギスバード』がネクロアイギス王国にて結成されました！》

《傭兵団のハウジング、傭兵団の共有大倉庫、団員用個別倉庫、連絡ボード、傭兵団専用チャット、傭兵団販売店機能が解放されました》

少し忙しなくなってしまったが、ツカサは和泉とチョコに挨拶をして、その日はログアウトした。

そしてここから、ツカサにとって、とんでもない騒動と傭兵団の活動が始まるのだった。

書き下ろし番外編「山村は、つれづれよりも移ろいに」

The Tamer
of Fur and Feather
is Shy but Well Meditated.

澄み渡る青空をバックに、鳥が飛んでいた。

「ツミがいる！　カナちゃん、珍しいね」

「うーん？」

空を見上げて北條《ほうじょう》カナは目を細める。眉根を寄せて難しい顔をした。

耳を澄ますと「ピューヒョロロー」という鳴き声が木霊するのが聞こえ、カナは自信を持った顔で蘆名征司に指摘する。

「セイちゃん、あれはたぶんトビだよ！」

しかし征司は首を横に振り、「ツミだったと思う」と譲らない。２人の可愛いひと悶着《もんちゃく》を草の葉の間から眺めるつぶらな瞳にカナが気付いて「あ！」と声を上げた。

「ポコちゃんだ！　ねぇ、さっき空にいた鳥はトビだった？　ツミだった？」

かがみ込んで頼むカナに、山の警備狸ロボット『ポコポコさん』は、リアルタイムの渡り鳥の分布映像をホログラムで出し、正解の見た目はツミだったことを征司達に教えた。

そして征司はカナに褒められ、照れながらも嬉しそうな笑顔を浮かべている。

——そんな目の前の映像を見ながら、ベッドに腰掛けて組んだ手の上にあごを乗せ、目を半眼にして里見滋は口を開いた。

「俺は一体何を見せられているんだ……」

『ポコポコさんの〈今日の村の子供達の暮らしコーナー〉です』

眼鏡の縁から聞こえる声の主は、滋がＶＲマナ・トルマリンに入れているＡＩアシスタントの

『クシタマ』だ。遠征時は話し相手として重宝している存在である。

「客観的に言ってさ、ローアングルの未成年の映像を受け取っている俺ってば、赤の他人から見て危ない人ではない？」

『？　もう一度言ってください』

「ド変態ですかね、俺は」

『はい』

「ハイ⁉」

『あなたは血縁関係のない成人男性です』

「ただの事実の列挙で殴るのはヤメテクダサイ」

ハァッと大袈裟に溜息をつき、軽く肩を回して立ち上がる。

「何故俺に毎日動画を送ってくるんだ……。征司君やカナちゃんからなんて、遠征中に連絡をもらったこともないよ」

『村という集合体の一員であるから情報を渡してくるのだと思われます。人間は群れないと故障をするという旧来の知識を持つのでしょう。そして該当の人間おふたりは、頻繁な他者への連絡習慣がありません』

「はいはい。俺にいつも絡んでくるのはロボット、アンドロイド、ロボットですネー」

『現在、連絡はポコポコさんのみですので、ロボット、ロボット、ロボットです』

「やかましいわい」

軽口をたたきながら、荷物をまとめて部屋を出る。滋が出場していたゲーム大会の試合も終わったため、さっさとホテルからチェックアウトした。

「しかし征司君、とんでもなく目が良かったのね。普通は黒い鳥の影にしか見えない距離でしょ。すごいなぁ」

『鳥の形に見えたのなら、通常以上に目が良い部類かと思われます』

「そりゃどーも」

（……あんなにハキハキと、自分の考えを伝える子だったかな）

これまで滋が見てきた征司は、カナ相手にも遠慮しがちな性質で、自分の気持ちを他者に伝えたり表に出したりすることも苦手にしている態度を取る印象が強く、映像のような会話をあまりしている記憶はない。

（本当にオンラインゲームが教材になっているのか。ソロ専だからコミュ方面についてはデメリット以外そんなに深くは考えたことなかったな）

『視力の良さはデザイナーベビーだからでしょう』

「彼、たぶん俺と同じく天然モノです」

『？　もう一度言ってください』

「自然妊娠組。目の難病問題が起こってからは、リスク回避に自然回帰な子作りする親も多いから」

『いいえ』

「いや、いいえじゃないが」

滋はホテルのロビーの片隅に、こちらを視認するアンドロイドがいるのを視界の端に捉えた。

『現代の人間による自然妊娠の遺伝子は』

「人工エラー進化説は今いいから」

あのアンドロイドには見覚えがある。今回出場したゲーム大会の会場にいたアンドロイドだ。原始的な部類のヒューマンに一言もの申したいAIなのだろうと察する。よく滋が絡まれるタイプだ。

（さて。第一線にいる天然もののゲーマーが、そんなに興味深いかね）

煙たがる心中を隠して、滋は笑顔を浮かべ、いつも通りに相手を正面から迎えた。


――『征司君、VRマナ・トルマリンのコード付きTシャツ買いに行きません？』


滋が征司の変化を最初に感じたのは、この時の反応だった。

正直な告白をすると、滋は征司の返答には期待していなかったのだ。ノリというか、断られるのが前提で出した話題の一つでしかなかったというか、なので征司の『行きます』という返しには度胆を抜かれた。

それぐらい滋から見た征司は、引っ込み思案な温室育ちの少年だったのだ。

だからオンラインゲームをきっかけに、本人が随分と前向きに積極性を持ち始めているその成長効果には目を見張るばかりである。

（村は、きっかけ自体が生まれない生活環境だった、か。そういえば俺の方はどうやってゲームを知って好きになったんだったか……。入門はアプリ？）

滋の両親は、子供に専用のゲーム機を買い与えるような人間ではなかった。ならば、ゲームアプリをダウンロードして遊んだのは、学習用のタブレットや携帯端末、後はアンドロイドのアシスト機能からかと当たりをつける。

（アプリ……無料配布……ゲームストア――……あ。メカ様かー！）

きっかけの目星に、思わず苦笑がこぼれた。

『メカ』――昔のゲームを違法にゲームストアで配布して、滋の世代にレトロゲームブームを起こしたゲーマーアンドロイドである。本人がアンドロイドのくせにＡＩ製作のなかった頃のゲーム作品を愛していた変わり者。ゲーム実況者としても活躍していて、滋がその影響を受けているのは間違いない。

（俺の学生時代って、なんだかんだ周囲はきっかけで囲まれていた場所だったのかもなぁ。全然自覚ないってことは、ゲーム以外は目に入っても興味湧かなかったから流し見してしまって終わったってことか）

そして征司は、滋と違って数も限られた目の前のきっかけを手に取り始めたところなのだ。

（だけどなぁ……キル根――いやプラネでってのが引っかかるのは、俺が無駄に知識があるせいか？　フレンド出来たって言っていたけど、挨拶だって本当に大丈夫だったのかね。元々、初対面の人間に挨拶も出来ない子だったからなぁ）

表面上『征司君ってばコミュ力高過ぎ』と軽口で征司を褒めた滋だったが、実のところ胸中では征司のコミュニケーション能力に関して懐疑的だった。それは今も変わらない。

まさか無言でフレンド申請をしてきたプレイヤーをフレンド扱いしているのじゃないかと心配になる。取り越し苦労であれ、と滋は移動中の車内で念じながら、ぼんやりと征司との出会いを思い返していた。

滋が征司に初めて会ったのは2年前。

自分を取り巻く何もかもに嫌気がさして全て投げ捨て失踪することにした当初、父親の元上司であり知人の蘆名征一を頼って山村に訪れた時だ。

征一は父親にとっては知人でも、滋にとっては微妙なラインで、何年も前に家族で招待されたパーティーで数回会った程度。その時もらった名刺から冒険がてらに連絡を取った。覚えていないと思っていた相手から、名乗る前に『久しぶり、滋君』と言われた時は色々な意味で鳥肌が立ったものである。

蘆名家の玄関付近の庭にいた征司は当時13歳。今よりさらに幼い雰囲気だった。

滋はよそ行きの爽やかな笑顔を作って彼に声をかけたのだ。

「初めまして、こんにちはー。この家の人？　お父さん、家にいます？」

「……」

彼は目を見開いて茫然としたまま固まって動かなくなった。

（おい、挨拶は返そうぜ）

滋は笑顔を崩さずにいたが、流れる沈黙に段々と嫌な汗が出てきた。

（あー……、俺の発言もなんかうさんくさくなかったか？　無言はそのせいかコレ？　実は通報ものだったのでは）

悶々としていると、ようやく相手は庭にあるプレハブの建物に顔を向けて、

「母さん……っ、知らない人がいる……！」

弱々しい声音でそう叫び、プレハブへと逃げてしまった。プレハブの方からは、征一と奥さんが顔を出して滋を快く迎えてくれて、随分とホッとしたものだ。呼びにいった彼は大人達の背後で小さくなっていてずっと滋の前には出てこなかった。

こうして征司との初対面は、自己紹介もなく終わった。

それから、再び征司に会ったのは数日後。滋がコンビニの雇われ店長に就いて店番を始めた時である。

ところで、このくだんの山村のコンビニは非常に曲者な存在だ。

「ここだと普通に赤字なのでは？　なんでコンビニが存続出来ているんですかね？」

前任者のＡＩアンドロイド曰く、

『人間だけでなくロボットにとっても重要な補給所なので、赤字か黒字かではなく潰れません』

との若干煙に巻く力強い回答をいただいた。

具体的には、この山村のコンビニは町のコンビニの一軒と同じ店舗とカウントされており、販売場所を分けているだけだという、うさんくさい説明を受けた。

「……。色々大丈夫なんですかね？　こっちの負債を背負わされて町のコンビニ店長は怒ってませんか？」

『町の店長は、地主様のアンドロイドです』

「なんという豪快な抜け道……。雇われておいてなんだけど、偏屈ってよりはド変人じゃないですかね。大体ゲーマー歴が理由で移住の許可が出るって――」

気付けば、入り口に小さな客が来ていたので滋は口を閉じる。

幼い女の子がコンビニに入ってくると、慣れた様子で駄菓子の棚に行き、お菓子を物色してレジに持ってきた。

滋は慌てて会計をしながら、思い出したように「いらっしゃいませ」と告げて、彼女が店を出て行く際に、「ありがとうございました」と追いすがるように付け加える。前任者の無機質な目は、そんな滋の初仕事に呆れの色を出していた。

（この村のアンドロイドって、人間相手にバンバンと不平不満の感情を出すなぁ。外の奴らってやっぱり廃棄が怖くて、多少大人しい感じになっているのかね）

頭の片隅で興味深く考察していると、コンビニの外で女の子が立ったままお菓子を食べ始めている姿が目に入る。

彼女の隣にいる少年に見覚えがあった。

（おっとー？　そこのキミは蘆名さんトコのお子サマではないの）

コンビニを出て2人に近付く。警戒されないよう、力を抜いてヘラリと笑顔を浮かべたが、少年はビクッと身体を震わせ、女の子も目を丸くして身構えた様子で、あまりその気遣いは功を奏していない模様である。しかし、そこでめげないのが滋であった。

「こんにちは。コンビニ店長の里見滋です。これからよろしゅうに」

女の子は真っ直ぐ滋を見つめる。真剣にこちらを窺う大きな瞳には吸い込まれそうだ。芯が強そうで、内心たじろぐ。

（うわわ、ちっちゃくてもこの子は肝が据わっているわ。それに比べて――）

チラリと、彼女の背後で小さくなっている少年を確認した。

「……ほうじょうカナ。こんにちは」

「ホウジョウ……ああ、北條のカナさんね。どもども。ところでキミ達、同級生とは遊ばないの？」

「どーきゅーせい？」

「友達よ」

北條カナは首を傾げてから少年に振り向くと、つんつんと彼の服の袖をつついた。

「セイちゃん、ここにいる」

「え？」

遅れてこちらに来たアンドロイドが滋に説明した。

『今、村の人間の子供はこの子達だけです』

0円

「マジですか」

『この子達にとって、初めて遭遇する外部からの新参の人間移住者があなたですね』

「未知との遭遇であったか。俺、宇宙人です？」

『そうですね』

（そこ同意するのか……）

まだ警戒を解かない様子のカナが、「セイちゃん、むこういこー」と少年を促して、滋の前から立ち去っていく。

しかし少年は途中で足を止めると滋へ振り返って、

「蘆名……征司ですっ」

と震える声音で告げると、ぎこちなく頭を下げた。そして直ぐに身を翻し、カナの方へと駆けていった。

滋はその背中を見送りながら、ようやく本人から聞けた名前に、妙な達成感と感慨深い心地になったのだった。


「……あれ、無限わんデン……？」

「似てる……」

ボソボソとこちらをチラ見しながら呟く会話が耳に入り、滋は現実に引き戻された。

（――そういや、村の外でした。アーノー聞コエテマセンヨっと）

素知らぬ顔で空港を出る。高速バス乗り場へ移動をしていると、征一から連絡があった。

『宮本サンが町の駅前についた頃にマイクロバスで迎えに行くそうだよ』

「助かります！　久々に村の外に出て、村生活がいかに平穏で快適か身に沁みたところでしたので、気遣いが嬉しいです」

『そうかい？』

「リアル住居に凸られた記憶の蓋が、パカリと開く程度の精神的ダメージを負ったところでして」

『……。やはり、見知らぬ相手にリアルを知られるリスクは高いんだな。征司にはもう少し厳しく言っておくべきかな。滋君、征司から連絡はあっただろうか？』

「いえ？　征司君に、旅行中の知り合いに連絡するって発想自体がまだないと思います。何かありました？」

『大したことじゃないんだ。ただ、褒めるべきところで褒められなかったから、拗ねているのじゃないかと思って』

「えっ、それって征司君が俺に愚痴を……って話ですか⁉　ちょっと想像の範囲外なんですが！」

『後になって気付いたんだよ。ひょっとしたら征司は褒めてほしくて話していた鳥の話だったのかなと。ここのところ、少しずつ得意なことを話題にしてくる瞬間があって、オンラインゲームの交流の影響力に驚いているよ』

「ああ、好きの一歩先ですね。人より詳しいんじゃないか？　って自信からの。得意なことへの自覚って、他人との比較からが気付きの始まりですもんね。俺もクラスメート相手にゲーム知識でマウント取っていた時期がフツーにありましたよ」

征一は『なんだいそれは』と苦笑した。

『村の中でも十分他者との交流があると思っていたのは、どうやらこちらの都合の良い勘違いだったみたいだ』

後悔の滲んだかすれた声音で、征一はそう締めくくった。


その後、滋は気になってVRマナ・トルマリンのホームにもアクセスする。征司から連絡は特にきていない。さすがにそこまでの急成長は起こっていないようだ。

滋はふっと思った。

(最初のきっかけは、別に征司君待ちじゃなくてもいいよな。こういうやり取りあってもいいんだよって教える意味でも、こっちから連絡してみるのはアリか)

外出先から征司へ届けるメールの文面を作る。今から帰るよ、と気楽なものから始めようと思った。

(征司君ってば、案外あっという間に成長しちゃいそうだな)

滋が『コミュ力高過ぎ』と口した冗談が、事実になる日は近いかもしれない。

(ゲーム大会の結果もそれとなく先に知らせようかねっと)

他にも話題をつけようかと何気なくSNSをチェックした。

そしてVRMMO『プラネット イントルーダー・オリジン』がトレンドに載っている不意打ち

に、滋は往来で吹き出すはめになったのだった。

あとがき

『引っ込み思案な神鳥獣使い――プラネット イントルーダー・オンライン――』の2巻をお手にとっていただき、ありがとうございます。

本作は、リリースされたVRMMO『プラネット イントルーダー・オリジン』の先行アーリーアクセス2日間の続きと遂に開始した正式版最初のお話です。

先行アーリーアクセスでは、オープンベータ時代に引退したプレイヤーが様子を見に戻ってきたり、さらには正式版から新規プレイヤーが増え始めています。本格的に動き出したことにより『プラネット イントルーダー』シリーズは、ゆっくりと再び知名度を上げだしました。

ツカサも、暗殺組織ギルド長のソフィア、生産職仲間のえんどう豆、傭兵団員のチョコといった大事な出会いがありました。

ソフィアは自身でキャラ付けしたキャラクターを演じるという遊び方をする、普段ツカサの周りにはいないロールプレイヤーです。

神鳥獣使いスレの書き込みで察せられると思いますが、実際の中の人は男性です。ですが、女性になりたいという願望がある訳ではなく、自分の理想の〝ソフィア〟を作り上げてそのキャラクターを愛でているといったプレイスタイルをしている方です。

えんどう豆のように現実ではあり得ない肌の色の個性的な容姿に作り込んだり、チョコのように身近なものをモデルにしているらしい容姿などもプレイヤーによって千差万別です。

自分のキャラクターを自分の分身とするか、理想の好みのキャラクターにするか、どのゲームでもこの姿といった愛着があるものにするかなど、アバターはこだわりが光る部分かと思います。

見た目だけでも本当に色々な人がいる――そんなオンラインゲームの世界とのふれあいをツカサと共に楽しんでいただけたら幸いです。

この度、漫画家の藤屋いずこ先生のコミカライズ1話目が収録されています。

非常に繊細な心理描写で征司の気持ちが伝わってきて感動しました。滋やクラッシュを見られて嬉しいです。ありがとうございます。

最後に、ご尽力くださったTOブックス様、遅筆さを慮ってくださった担当編集様、美しい世界やとても可愛いチョコの衣装を描いてくださったダンミル先生、丁寧に小説をすくい上げてくださり、素晴らしい漫画を描いてお力添えくださった藤屋いずこ先生、誠にありがとうございます。

そして、全ての読者の皆様にお礼申し上げます。

2021年2月
古波萩子

コミカライズ第1話

漫画　藤屋いずこ

原作　古波萩子

キャラクター原案　ダンミル

貴方《あなた》が広い世界へ冒険に出る時のきっかけはなんだろうか？
強い敵と戦いたい？
宝を探したい？
僕のきっかけはもっと些細《ささい》で……
――……でも自分にとってはとても大事なこと
『雨月』からフレンド申請を受けました
！

——誰かと 話をしてみたかった

第1話

絶大的な人気を誇る
女性2人組ユニット
コントロール・
ノスタルジックの
キーボード
黒原イズミさんが
休業に入り――
は、
は~

らっしゃーい
おっ
征司《せいじ》君
はっ
はあっ
滋《しげる》さん
VRで現金として使える電子カードはどこにありますか？
それならそこの壁に――……
って
征司君今VRって言った!?
機種は!?
びくーーっ
はっはい！
マナ・トルマリンです！
おー!!
一番高いゲーミングVRじゃないか

誕生日プレゼント？
おめでと～～
はい！ネット通信高校を志望したら仮想教室に対応したVR機器を買って貰えて…
ちなみに俺もトルマリンです
仲間～～ッ
おお～メガネ型
アプリのキャッシュレスにはしないのか
そしたらこの辺りのマネーカードが対応してるよ
子供にはそれが安全かな～
……
滋さんあの…

――……
オススメの
オンラインゲームって
ありますか？
ぎゅ…
えっと……
人と
コミュニケーションが
できるゲーム

ゲームで
遊びながら
誰かと
お喋りする
時間があるものを
探してて
ふ…
——どのゲームも
マルチオンライン
要素はあるよ
そうなんだ
ないのを
探す方が
むずい

そうだなー…… 一期一会《いちごいちえ》の集合や即解散じゃないやつがいいか
普通にMMO系かね？ 俺としてはゲーム初心者に薦《すす》めたくはないが
ゲーム内の絡みなんて百害あって一利なし！
……なんてゲーム実況者の俺が言ってもブーメランか
…父さんがゲームを買うお金をくれたんです
「ゲームで色々な人と話してみなさい」って

ゲームでなら変な人に絡まれて辛い目に遭《あ》ってもやめれば関係を絶《た》てるから現実より後腐れなくて安全だって……
お
思ったより
クールな考えから…
ぶっちゃけ征司君のご両親過保護系の代表くらいに思ってたのに…
はわわ
——…多分父さんがそんなふうに言うのは

僕が教室に一人だった授業参観のせいかも
!
あー……そっか
今って村に学生の子供2人しかいないもんなあ

僕の住む山村は
32世帯ほどの小さな集落だ
住民はアンドロイドとロボットが5割
普通の町に行くには山を越えなければならないけど市バスは廃線
広大な畑が広がり町まで往復5時間かかる
人より山の警備アニマルロボットのが接する率が高い

授業参観…
聞いていたより
衝撃だったわ
征司しか
いない教室で
ほとんど誰も
話せない環境で……
だからかしら
あんな
内気な性格に……
あれほどの
引っ込み思案じゃ
今後が心配よ
そうだなぁ……
この村には
人がいない
でもそれが
悪いわけじゃない

僕が受験でも
町の高校を
選ばなかっただけ
村から離れる
勇気がないだけ
けど
…それでも
変わりたい……
引っ込み思案な
この性格を
変えられるなら
変えたいと
思った

ちゃり

！
軽い…
ゴーグル型だ
滋さんがオススメしてたゲームは確か…
国産で大手ならVRMMO『クロニクルアーツ・スカイ8』かVRMO『龍戦記ファンタジア』次点でちょいきな臭いVRMO『リザルト：リターン』かな！
まあオンラインゲームで評判良いのは皆無だからネットの評判は参考にしてもあんま当てにしないように！
ペラ
ペラ
ペラ
ペラ
ペラ
……
結局何やるか決まらなかったな？

最終的には合う合わないは人それぞれ！触ってみてから続けるか決めればいいよ
楽しんでおいで
……
……よし！

充電は……
――うん
ちゃんと
できてる

楽な姿勢で
使用……
こう…かな……？
TURN THE TABLE

TURN THE TABLE

VRマナ・トルマリンへようこそ

――ここが
VRマナ・トルマリンのホーム？
おー
パ
ビクッ
言語設定…
標準日時設定…
カウント…
わた
わた

GAME STORE
ドキ
ピ。
ドキドキ
ホラーアバター!?
ひえっっ
もっと普通のアバター……
150円
これにしよう。

購入
ピッ
ぱっ!

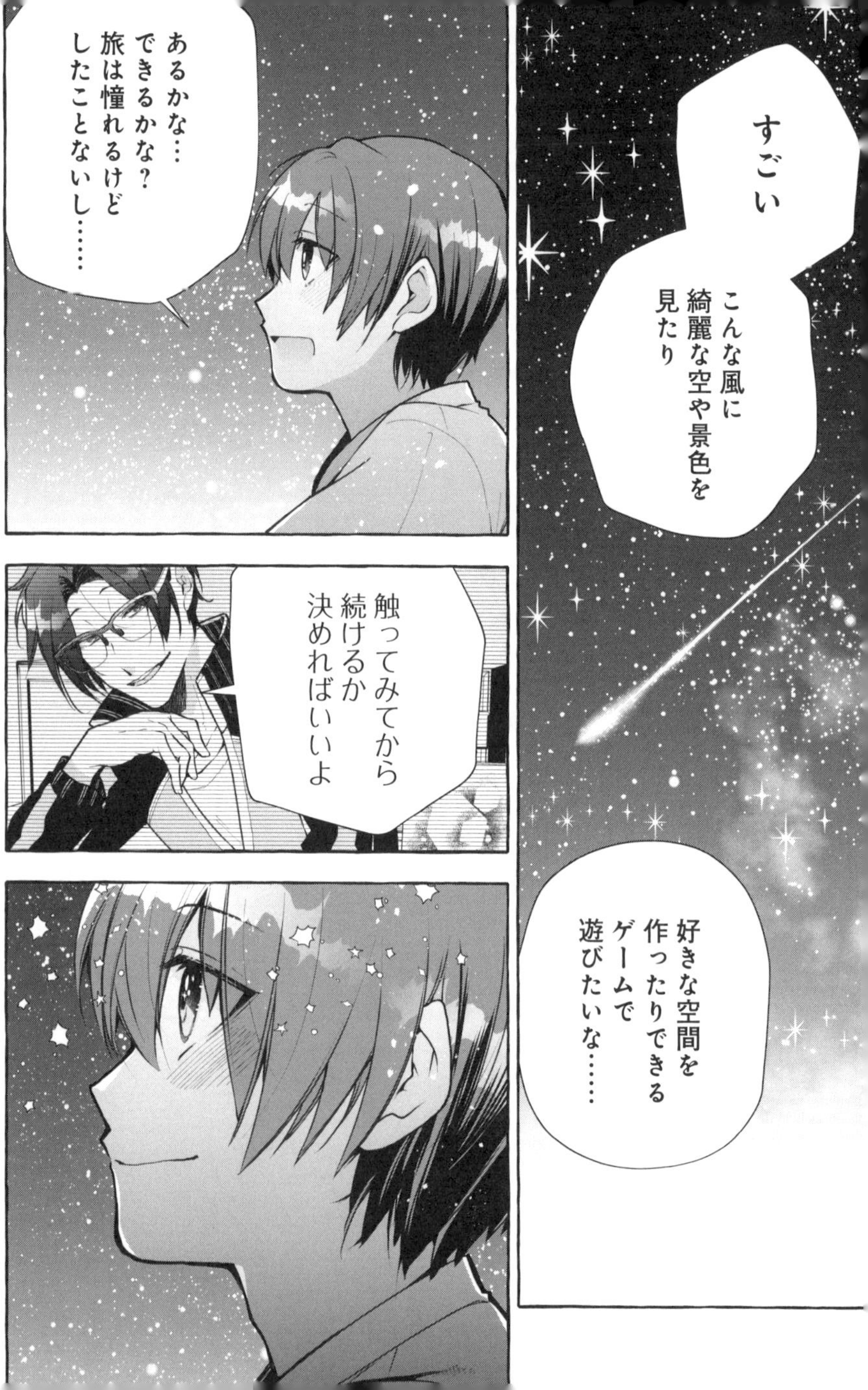
すごい
こんな風に綺麗な空や景色を見たり
好きな空間を作ったりできるゲームで遊びたいな……
あるかな…できるかな？旅は憧れるけどしたことないし……
触ってみてから続けるか決めればいいよ

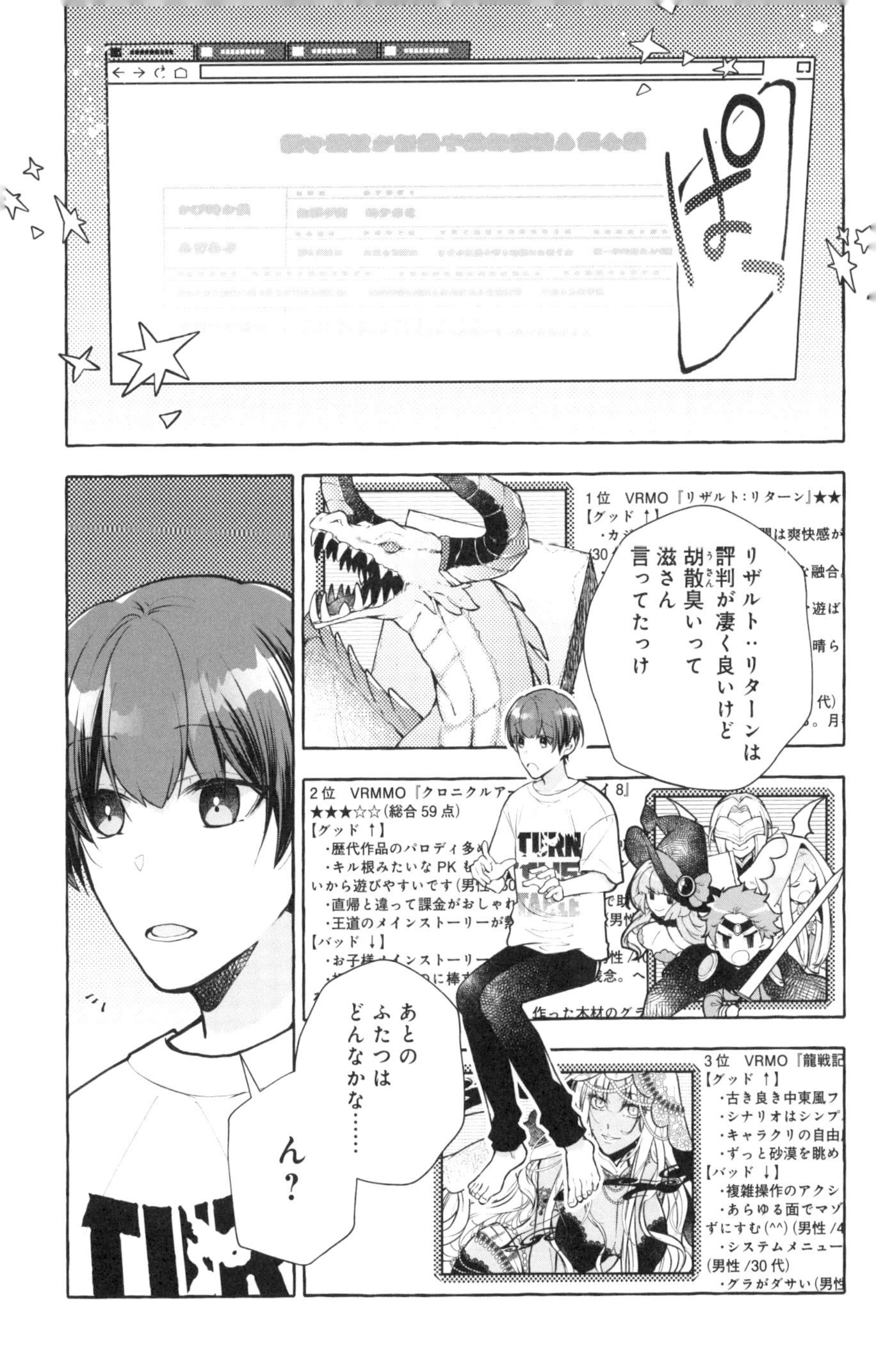

1位　VRMO『リザルト：リターン』★★
【グッド↑】
・カ〔…〕 〔…〕間は爽快感が

〔…30〔…〕　　　　　・融合〔…〕

　　　　　　　　　　・遊ば〔…〕

　　　　　　　　　　・晴ら〔…〕

　　　　　　　　　　　　（〔…〕代）月

リザルト：リターンは
評判が凄く良いけど
胡散臭いって
滋さん
言ってたっけ

2位　VRMMO『クロニクルア〔…〕8』
★★★☆☆（総合59点）
【グッド↑】
　・歴代作品のパロディ多め〔…〕
　・キル根みたいなPKも〔…〕
いから遊びやすいです（男性／30〔…〕
　・直帰と違って課金がおしゃれ〔…〕で〔…〕
　・王道のメインストーリーが〔…〕　　男性〔…〕
【バッド↓】
　・お子様〔…〕インストーリー〔…〕
　・〔…〕に棒〔…〕　　　　　　　　　　性〔…〕
作った木材のグラ〔…〕

あとの
ふたつは
どんなかな……

ん？

3位　VRMO『龍戦記
【グッド↑】
　・古き良き中東風フ
　・シナリオはシンプ
　・キャラクリの自由
　・ずっと砂漠を眺め
【バッド↓】
　・複雑操作のアクシ
　・あらゆる面でマゾ
ずにすむ（^^）（男性／4
　・システムメニュー
（男性／30代）
　・グラがダサい（男性

——VRMMO『プラネット イントルーダー・ジ エンシェント』——
インディーズゲーム。製作者・正木洋介。
有料オープンベータ中。
2xx0 年 4 月からサービス開始。
関連記事
▶「プラネット イントルーダー・ジ エンシェント」の正木洋介氏へのインタビュー！
MMO になった理由。
——プラネット
イントルーダー・ジ エンシェント？
インディーズゲームで有料オープンベータ中……？
ベータって体験版のことかな？
VRMMO『プラネット イント
ィーズゲーム。製作者・正木洋介。
ープンベータ中。2xx0 年 4 月からサ
記事
ラネット イントルーダー・ジ
ンシェント」の正木洋介氏へのインタビュー！
MMO になった理由。

クロニクルアーツ・スカイ8【バッド↓】
吊り上げる際の魚のグラが全部同じで白ける
個人のプラネで可能なことを何故大企業ができないのか
ってことは…
プラネットイントルーダー・ジエンシェントは魚のグラフィック多いんだ
ふむー
魚が多いなら風景も豊富そう……
購入
決めた!

な
な
なにこれ

正木洋介［マサキ・ヨウスケ］

正木洋介(まさきようすけ、2xu7 年４月？-)は、日本のインディーズゲームクリエーター。男性。

略歴［編集］

2xw6 年、19 歳[1]で大手 PC ゲームストアにて、惑星開拓シミュレーション『プラネットダイアリー』の有料体験版を配信。

2xw7 年、続きを作るためクラウドファンディングで支援金を募る。

2xw8 年、クラウドファンディングの資金によって製作した、独自のオンラインゲーム製作補助 AI と運営用 AI を公開。

VR『プラネット イントルーダー・オンライン(仮称)』の製作を発表。

「私達はこのゲームが遊びたいんじゃない。話が違う」と激怒した国内及び海外支援者達と揉め、物議を醸《かも》す。

後日支援者達とは和解し、訴訟には発展していない。

2xx0 年４月、VRMMO『プラネット イントルーダー・ジ エンシェント』に名称を変更。有料オープンベータのダウンロード販売を開始。有料のため、長期２ヶ月のベータ期間を設けた。

2xx0 年５月、ゲーム内にて「5.5 ブラディス事件 [2]」が発生。この時の PK（プレイヤーキル）映像が SNS や動画配信サイトにて拡散。

多くのユーザーが離れ、ベータ期間のままサービスが終了した。

作品
・プラネットダイアリー
・プラネット イントルーダー・ジ エンシェント
2xx0 年５月、ゲーム内にて「5.5 ブラディス事件 [2]」が発生。この時の PK（プレイヤーキ
サイトにて拡散。

多くのユーザーが離れ、ベータ期間のままサービスが終了した。

サ……『サービスが終了した』って書かれてる!?

でも今ダウンロードできてるよ!?

それに…

この5・5ブラディス事件って……?

□■□ ＊5・5ブラディス事件 □■□

2xx0年5月5日に
VR MMO『プラネットイントルーダー・ジェンシェント』の
オープンベータ期間にて発生した集団PK事件のこと。
昨今のMMOでは珍しく、PK可能なゲームデザインであったため、
起こるべくして起こった大規模殺戮《さつりく》事件。

1人の戦闘職プレイヤーが、市場で最新武器装備の試し斬りを
生産職プレイヤー「ブラディス」で始めたことを発端とする。

これにより、都市がセーフティエリアではなく
PK可能エリアであることが知れ渡り、
金目の物を落とす採集と生産職業プレイヤーを、
戦闘職プレイヤー達が次々と狩る事態に発展。
ほぼ全ての戦闘職プレイヤーがPKに手を染め、
これにより得た金銭でハウジングを買い漁り、土地を占領した。

この殺戮は1週間続き、
PKされたプレイヤーがPK側に回ってPKを仕返し、
さらに仕返されたPKの者がPKを仕返すという泥沼化をも見せる。
「自分以外のプレイヤーは、出会った瞬間殺さなければ
安全が確保できない」
とまでプレイヤーに言わしめる世情にまで常態化した。
事件発生から10日後、プレイヤーのみで解決が
不可能だと遅い判断を下した運営AIにより、
一時的に全プレイヤーを強制的に監獄へと投獄する処置がなされる。

その間に都市内をPK行為不可のセーフティエリアに改修。
デスペナルティを緩和。
特に採集と生産職業に関しては、デスペナルティをなくした上、
暗殺組織ギルドの無敵NPCへ自動的に
PK行為をした者の暗殺依頼が舞い込む
新要素を追加するなど、街の正常化を図った。

だが時既に遅く、当時最も陰惨な残虐《ざんぎゃく》映像
（1人の生産職業プレイヤーを集団リンチで何度も殺害する映像）が
生放送や動画でゲーム外に広く拡散してしまい、
8割以上のプレイヤーが引退して戻ってこなかった。

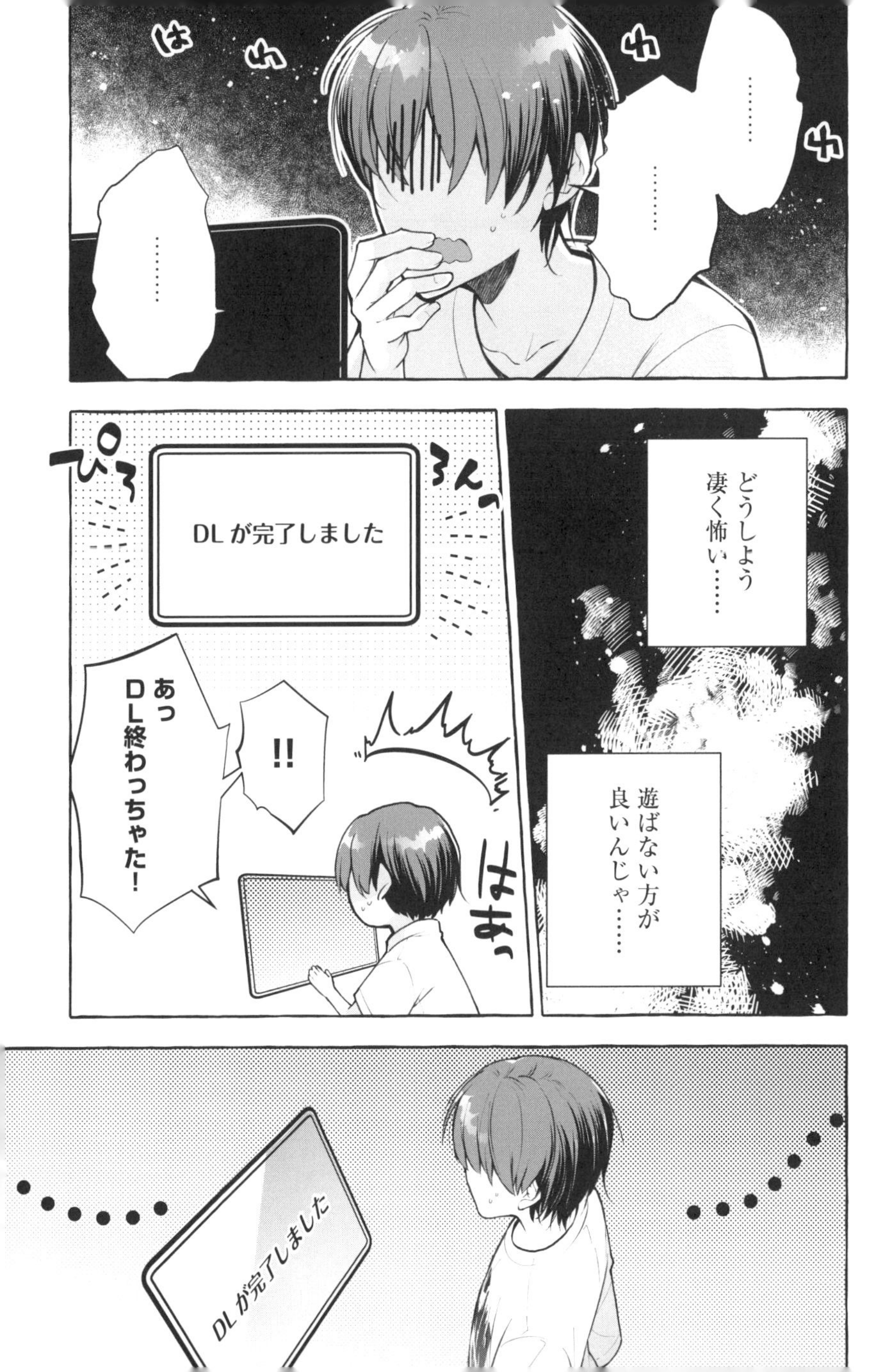
……
……
はぁ はぁ
……
どうしよう
凄く怖い……
遊ばない方が
良いんじゃ……
ぴろろんっ
DLが完了しました
!!
あっ
DL終わっちゃた!
はぁっ
……
DLが完了しました
……

……僕は
これからも
迷ったら
止めちゃうのかな
そうやって
結局どこへも
行けずに………
変わりたい……
ぐ、
……少しだけ
やってみて
判断しよう

TURN THE TABLE
少しだけ…
頑張れたら……——

プラネットイントルーダー
ジ・エンシェント
PLANET INTRUDER
THE ANCIENT
NEW GAME

——名前の入力を
確認しました
キャラクター名
『ツカサ』

TURN THE
TURN THE

……
……
……あっ
もうゲーム
始まってた!?
はっ!
真っ暗で
何も見えないし
どこに向かえば……

キャラクタークリエイトを行います
貴方《あなた》が擬態する人種 性別 容姿を設定してください
[森人擬態人]
[平人擬態人]
[砂人擬態人]
[種人擬態人]
[山人擬態人]
色々あるけど…人種ごとに得意なことが違うのかな？
男性でヒーラーが得意な種族は種人のみ……かあ

他の人に「PKしない」ってひと目で伝わるようにヒーラーになりたい
PKの人には狙われそうだけど自分で回復できるならなんとかなるかもしれないし……
うわっ
身長低い！最大身長にしても130cmって…
しょうがない最大身長でどうにか…
髪型と目の色は…こんな感じかな
キャラと性別同じだし人工音声変換機能はなしでいいよね

以下から
メイン職業を
選択してください
【タンク】
守護騎士 騎士 戦士
【近接アタッカー】
剣術士 槍術士 体術士
棒術士 格闘士
【遠距離レンジャー】
弓術士 二刀流剣士
【魔法アタッカー】
星魔法士 召魔術士
秘儀《ひぎ》導士
【ヒーラー】
白魔樹使い
宝珠導《ほうじゅどう》使い
神鳥獣《しんちょうじゅう》使い
ヒーラーの武器
神鳥獣使いだけ
生き物なんだ
そういえば
鳥も遠くから
眺めたこと
しかないな…
間近で見て
触れてみたい
——……

選べる鳥の見た目は カラス ハト スズメ ツバメ オウム フクロウ
それと――
RANDOM
上部のランダムボタンは鳥の形状と色がランダムに決まります。
他プレイヤーと色が被ることはありません。
1点ものの色となります。
ただし色を自由に選べる鳥の形状はランダムには入っておりません。ご注意下さい。
神鳥獣使いは堅牢《けんろう》なる古き伝統の体現国家ネクロアイギス王国所属です
ランダム武器はゲーム開始後まで形状が開示されません
それでもよろしいですか？

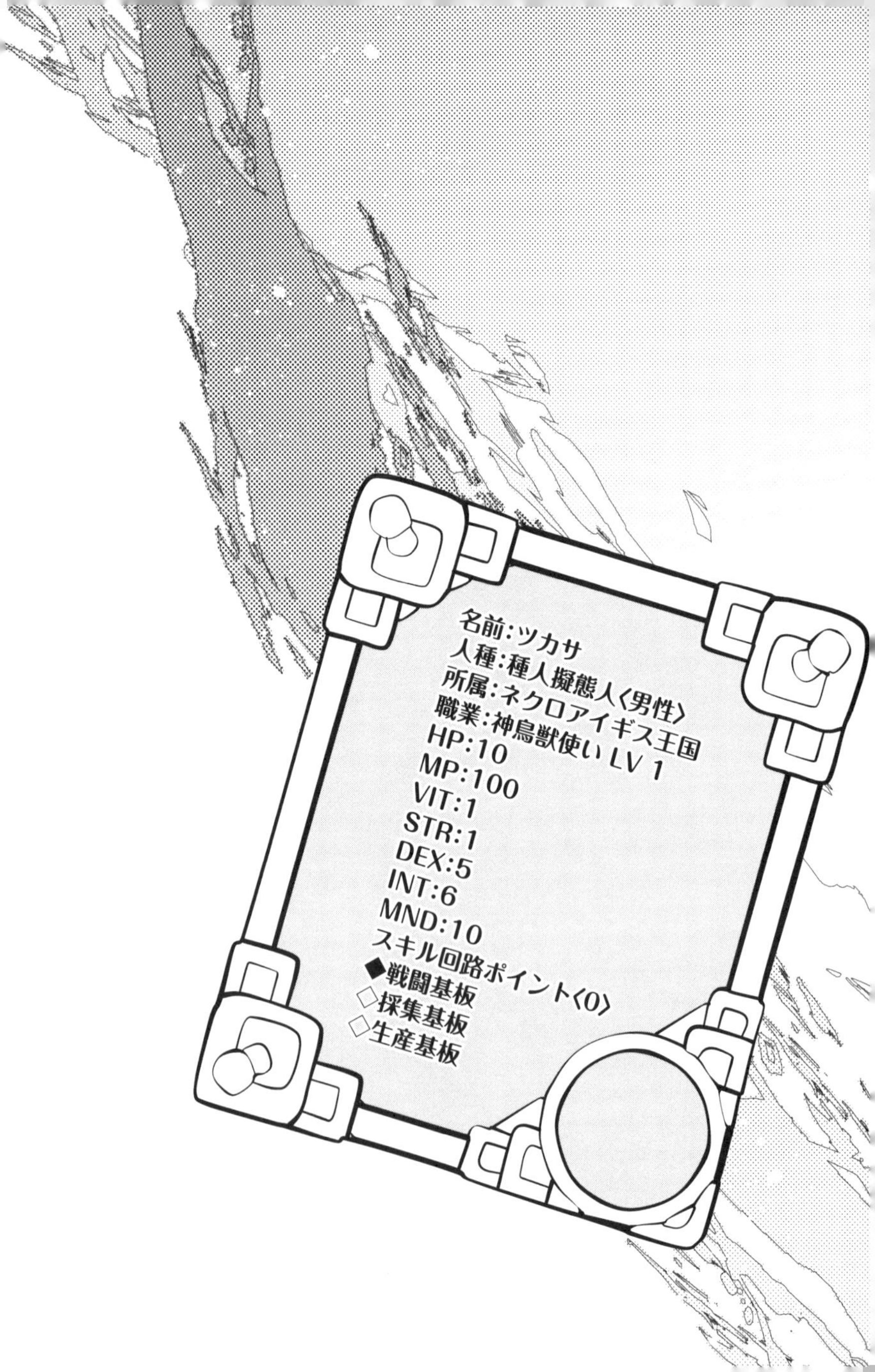
名前:ツカサ
人種:種人擬態人〈男性〉
所属:ネクロアイギス王国
職業:神鳥獣使い LV 1
HP:10
MP:100
VIT:1
STR:1
DEX:5
INT:6
MND:10
スキル回路ポイント〈0〉
◆戦闘基板
◇採集基板
◇生産基板

ぱ
ち
ぱち
くり

——おい！
アンタ何者だ？

引っ込み思案な神鳥獣使い2
—プラネット イントルーダー・オンライン—

2021年3月1日　第1刷発行

著　者　古波萩子

発行者　本田武市

発行所　TOブックス
〒150-0002
東京都渋谷区渋谷三丁目1番1号　PMO渋谷Ⅱ　11階
TEL 0120-933-772（営業フリーダイヤル）
FAX 050-3156-0508

印刷・製本　中央精版印刷株式会社

ISBN978-4-86699-128-3